ともしび揺れて

サンドラ・フィールド 作

小林町子 訳

ハーレクイン・イマージュ

東京・ロンドン・トロント・パリ・ニューヨーク・アムステルダム
ハンブルク・ストックホルム・ミラノ・シドニー・マドリッド・ワルシャワ
ブダペスト・リオデジャネイロ・ルクセンブルク・フリブール・ムンバイ

THE WINDS OF WINTER

by Sandra Field

Published by Harlequin Japan,
a Division of K.K. HarperCollins Japan, 2025

サンドラ・フィールド

イギリス生まれで、人生の大半をカナダで過ごす。カナダ北部の静寂と広大さを愛し、現在住む町を作品の舞台に選ぶことも多い。根っからの読書好きで、ハーレクイン・ロマンスを読んで詳細に研究して、自分でも書くようになったという異色の経歴の持ち主。“私は経験から小説を書いています。私自身の喜びと痛みをもって、愛がなにより大切だと学びました。それが私の小説を豊かにしてくれることを、そして読者の皆様の心に届くことを祈っています”と語る。

主要登場人物

アン・メトカーフ……………看護師。
デヴィッド・メトカーフ………弁護士。
クレア・メトカーフ……………デヴィッドの母親。
ジェシカ・メトカーフ…………アンとデヴィッドの娘。愛称ジェス。
マリアン・ウインタース………アンの友人。
ジョナサン・マクスウェル……アンの友人。
ソニア・ソレンソン……………デヴィッドのガールフレンド。
テレンス・オコナー……………デヴィッドの家の使用人。
ディーダー・オコナー…………テレンスの妻。デヴィッドの家の使用人。
ジェニー・ヘイリー……………デヴィッドの家の近所に住む娘。

1

アン・メトカーフは、コートのボタンをかけながら病院の通用口を出た。とたんに氷のように冷たい風が吹きつけ、急いで手袋をさぐる。

「やあ、メトカーフさん」

声をかけられてアンはにっこりした。「こんにちは、ソームズさん。寒いですね！」

「まったく、寒波が居座ったって感じだな。帽子をかぶらずに出たら寒いぞ」病院の理事が立っていた。おじさんみたいな言い方だ。アンはおかしくなった。彼は看護師の間では人気者である。

「今朝は遅刻しそうだったので、帽子を忘れて来ちゃったんです」

「困った娘《こ》だ。まあ、おいしいお昼でも食べておいで」ソームズ氏は手袋をした手を上げ、いとおしげにアンに視線を注いだ。衿元に流れる豊かな茶色の髪、せん細な美しい顔立ち。きれいな娘なのに、何か悲しげな陰がある。なぜだろう？　と彼は思う。だが、アンには気軽にその理由をたずねられないようなムードがあった。

アンはコートの衿を立て、足早に通りへ出た。ソームズ氏の言うとおり、帽子なしでは寒くてたまらない。いい人だわ、とアンは心の中でつぶやいた。彼も、メトカーフというのが夫の姓だとは知らないだろう。師長以外、束の間に終わった不幸なアンの結婚について知っている人はほとんどいないのだ。

結婚……アンはその言葉にぞっとして、強いて今夜ジョナサンと芝居を見に行くことを考え始めた。ダークグリーンのロングスカートと、先週買った新しいブラウスを着て、アクセサリーは……。

寒さのせいか、一月によく感じる憂鬱《ゆううつ》のせいか、アンは急にいつものサンドイッチとコーヒーの昼食をやめて、ピエールの店で何かちょっとぜいたくなものを食べようと思い立った。店の中では暖炉で薪《まき》が赤々と燃え、赤いチェックのテーブルクロスの上でろうそくの炎が揺れていた。席が空くのを待つ人が列を作っているが、昼休みはまだ一時間あるのだからかまわない。アンは近くのテーブルについている人たちをながめていた。と、暖炉に近い隅の方に一人で座って雑誌を読んでいる女性が目に入った。マリアン——昔、看護師学校で一緒だったマリアン・ウインタースだ。アンは列を離れて近づいて行った。

「マリアン！　わたし、覚えてる？」

マリアンは目を上げた。あのころと少しも変わらない茶色の巻き毛、茶目っけのあるグリーンの目、えくぼが浮かぶ頬。彼女のきらきらした笑顔に夢中になったインターンも一人や二人ではない。

ところが、マリアンはその笑顔を見せるどころか、明らかに戸惑っている様子である。「失礼ですけど……どなたでしょうか？」

アンは唖然《あぜん》とした。「アンよ。アン・メトカーフ。前はアン・ブラウンだったけど。モントリオールの学校で一緒だった……」

「アン？　まあ、変わったわね！　全然わからなかったわ」マリアンはそこで我に返ったように椅子をすすめた。「どうぞ座って」

アンはコートを脱いでバッグを置いた。マリアンはまだ茫然《ぼうぜん》としている。「わたし、そんなに変わった？」

「変わったわよ。道で会ってもわからないわ」

「そうね、あれから大分たつから——四年？　五年かしら？」

「あなたが結婚してからすぐにわたしもモントリオ

ールを出たのよ。だから、五年以上になるわ。学校生活なんてすごく昔のことみたい。そう思わない？」

「思うわ」アンはぽつりと答えてテーブルクロスの柄を指先でなぞった。昔の友達に声をかけるなんて、愚かだったかもしれない。あまり今の話はしたくないのに。幸いウエイトレスが注文をとりに来たので話は途切れた。

けれどマリアンはすぐにまた話し始めた。「ここで何してるの？　デヴィッドは元気？」

アンは答えに詰まって黙っていた。

「何かあったのね？」もともと勘のいいマリアンは、穏やかにたずねた。

「そうなの」アンは灰色の目を曇らして友達の視線を受け止めた。「今、ここの病院で働いてるのよ。外科でね。ハリファックスの学校で最後の一年の勉強をして、資格を取って、すぐに勤め始めたの。もう三年になるわ」

「で、デヴィッドは？」

「わたしたち……一緒に暮らしてないの」

「まあ、そう、ごめんなさい、変なことをきいて。でも、確かお子さんができたって……」

「子供は死んだわ」

マリアンはグリーンの目に深い同情の色を浮かべた。「わたしが何を言ったって役には立たないけど、ずいぶんショックだったでしょうね」

「もちろんよ。でも、あまり考えないことにしてるの。くよくよしてもしようがないでしょ」

「離婚したの？」

「そうじゃないけど、子供が生まれてから一度もデヴィッドには会ってないわ。会いたくないのよ！」

「だけど、いつか再婚することだってあるでしょ？　あなたみたいなすてきな人がこのまま宙ぶらりんでいるなんてもったいないじゃないの！　もう元には戻れないなら、別れてお互いに出直すべきよ」

ジョナサンも何度か同じことを言った。「そうすべきだとは思うけど、デヴィッドに会いたくないのよ。連絡をとるのもいやなの」

「まだ愛してるの？」

アンはびっくりして目をしばたたいた。「とんでもない！　憎んでるわ！　あんなひどいことをして……だから、会いたくないのよ」

マリアンはしばらくその言葉をかみしめていた。

「デヴィッドは再婚する気がないのね。そうでなかったらあなたに連絡してくるはずですもの」

今までそんなことは考えてもみなかった。「そうかもしれないわ。ただし、あの人はわたしの居場所を知らないのよ」

ウエイトレスが湯気の立つフレンチ・オニオン・スープと温かいロールパンを二人の前に置いた。

ぼんやりとパンにバターをぬりながらアンは苦笑した。「デヴィッドが再婚なんて考えるものですか。結婚しなくたって女性に不自由しないと思うわ」

「それが原因？　女の人のことが？」

「それも一つよ」アンは口元をゆがめた。「でも、いやな思い出話はやめましょう。済んだことですもの。今は、仕事もあるし新しいお友達もできて結構楽しいのよ。それより、あなたの話を聞かせて」

マリアンはもっとアンのことを知りたそうだったが、ほほ笑みを浮かべて話し出した。「あなたの話を聞いたあとで言いにくいんだけど……来週結婚してオーストラリアへ行くの」

「まあ、おめでとう！　旦那《だんな》さま、どんな方？」

「お医者さまよ。わたし、昔からお医者さまに弱かったでしょ？　彼はジム・ブランチャードっていって、二十九歳。背が高くて浅黒くてハンサムで……とってもわたしに甘いの」

幸せいっぱいなマリアンの様子に、アンは思わず笑顔を見せた。「最高じゃないの。でも、せっかく会えたのに遠くへ行っちゃうなんて残念だわ」

「本当。よくここで会えたわね。わたし、この二年、フレデリクトンの保育所で子供たちの看護師をしていたのよ。ハリファックスへは先週来たばかり。ジムの両親がいるからよ。ジムはオーストラリアでフライイング・ドクターの仕事をするの。ほら、飛行機で診療に回るお医者さまよ。二年で任期が終わるから、そうしたらまたカナダに帰って来るわ。マリタイムスに。あそこがわたしたち二人の故郷なの」

マリアンは腕時計に目を落とした。「あら大変！　もうこんな時間？　スコシア・スクエアでジムのお母さまに会う約束なのよ。最後の買い物のために。ねえ、アン、発《た》つ前にもう一度会いたいわ。一緒にお夕食でもしない？　水曜日はどう？」

「暇よ。ぜひ会いたいわ」

「よかった。それじゃ、この少し先にある新しいギリシア料理のレストランで。七時でいい？」

「いいわ。そのときにまたね」

「じゃ、お先に失礼」

アンは食事を済まして、急いで病院へ戻った。コートをかけ、化粧室で髪をまとめて看護師帽をかぶり、我知らず鏡に映る自分を見つめた。マリアンにもわからないなんて、よほど変わったのに違いない。

五年前のアンは髪も短く、一時はちりちりのアフロ・ヘアにしていたこともあるし、金髪に染めていたこともある。爪を長くして真っ赤にぬっていたこともあるし、メークアップもいつもしていた。濃いマスカラやアイシャドウがあか抜けていると思っていたのだ。なんて子供っぽかったのだろう！　それに、ばかだったわ。夫を愛してはいたけれど、しょせんは富と地位に目がくらんで、優秀な若手弁護士——デヴィッド・メトカーフの奥さんになれるというだけでのぼせていたのだ。鮮やかな羽をつけた蝶々のように、派手な生活をおもしろおかしく送っていたあのころ……。

当時とは別人のアンが今鏡の中で顔をしかめている。長い年月の間に髪は絹のようになめらかになり、温かみのある茶色が光を受けてときおり赤褐色に輝く。細い指は変わらないが爪はきちんと短く切ってあって薄いピンクのエナメルをぬってある。これは一見してわかる変化だが、アン自身ははっきり意識していない微妙な変化もあった。体つきが女らしくなり、かつてはなかった優雅な身のこなしが備わっていたのだ。苦しみに耐えた顔は、柔らかな頬の線や黒いなだらかな眉とあいまって大人っぽい美しさを増していた。だが、何よりも人目を引くのは色彩の変わる目である。あるときはくすんだ灰色に見え、あるときは深い緑にも見えるのだ。そしてその目の奥には、計り知れない悲しい陰が潜んでいる。

ドアが勢いよくあいた。「ああ、アン！　ウッドサイドさんの包帯してくれる？　あの人、あなたじゃないと気に入らないのよ。わたしがしようとすると、すごいふくれっ面するの」

アンは入って来た看護師に笑顔を返した。「いいわ。わたしのどこがお気に召したのか知らないけど」すぐに病室の忙しさにのまれ、アンは昔のことや苦々しい記憶をたどる暇もなくなった。

ジョナサンは八時少し前に迎えに来た。ベルが鳴ったとき、アンはイヤリングをつけているところだった。彼がトロントで買って来てくれたひすいのイヤリングである。ハリファックスの繁華街で画廊を経営しているジョナサンは、旅に出ることが多い。もっぱらカナダの画家の作品を扱っているが、すぐれた新人を見つけ出す才能と生まれながらのセンスのよさとで名を成しつつある。

彼はアンにキスをして言った。「とってもきれいげだよ」

「ありがとう」昼間いやなことを思い出したせいか、装いには特に気を配った。ダークグリーンの長いスカートはシンプルだが流れるような線が美しい。ブラウスはシャツスタイルに仕立てたタイシルク。ネックレスは金。アップにまとめた髪の下で、目が緑色に輝く。

ジョナサンはいい友達だ。付き合い始めてからもう一年以上になる。背はアンより少し高い程度。がっちりした体つきでハンサムとは言えない。だが、やさしさや誠実さは顔つきにもあふれ、アンは初めて会ったときから彼のそうしたところに引かれていた。髪はブロンドで少しくせがある。目は最大の長所と言っていいだろう。温かく濃い茶色で、想像以上になんでも見きわめる力があるのだ。

ジョナサンはアンの黒いイブニングコートを取って着せかけた。「いいかい？」

「ええ……」アンはバッグをのぞき込んだ。「鍵《かぎ》は……ああ、あるわ」

芝居はノエル・カワードの喜劇だった。終わってから二人は港を見渡せるレストランでカクテルと軽い食事をとった。家まで送ってもらったときは十二時近かったので、疲れていたアンは彼が断ってくればいいと思いながらも中でコーヒーでも、と誘った。すると、ジョナサンは機嫌よくうなずいた。

アンはドアの鍵をあけて言った。「火をおこして音楽でもかけて。その間にコーヒーをいれるから」

数分後に居間に入ると、ジョナサンは火のそばの肘かけ椅子に納まり、ゆったりとくつろいでいた。このアパートなら誰を連れて来ても恥ずかしくない。病院に近い古い建物で、窓からは生け垣や広い庭が見え、最新のアパートにないよさがある。しかし、ジョナサンがあまり居心地よさそうにしていると気になる。と言うのは、このところ彼が今までより親ししい付き合いをしたがっている気配を感じるからだ。

そこでアンはジョナサンのコーヒーに砂糖とクリームを入れながらわざと当たりさわりのない話をした。が、ふと目を上げると彼は真剣なまなざしでじっとアンを見ていた。心の中を読まれてしまったに違いない。

「アン、話がある」ジョナサンは静かに言って椅子の肘かけを叩《たた》いた。「ここへおいで。そこにいちゃ遠過ぎる」

アンは椅子の端に浅く腰を下ろし、手を握り合わせた。ジョナサンはその手を包み込み、炎に照らされたアンの色白の顔に目を向けた。「いろいろいい台詞《せりふ》を考えたんだが……とにかく言いたいのは、きみを愛してるってことだ」

「まあ、ジョナサン……」

「ぼくの気持はもう間違いない」彼はアンの頬にかかる巻き毛に手を触れた。「きみはきれいだ。見た目もきれいだし、心の中も」

アンはからみ合った二人の手を見下ろして小声で言った。「うれしいわ、ジョナサン。でも……」

「アン、結婚してくれないか？」

「だめよ。わたしは結婚してるんですもの。あなただって最初から知ってるでしょう？」

「それは法律の上だけだ！　四年も彼に会ってないんだろ？　結婚してるなんて言えないよ」

アンは無理に明るく言った。「法廷へ出れば結婚してるのよ。わたし、重婚罪は犯したくないわ」

「法廷は離婚もさせてくれる。四年の空白があれば離婚は簡単だ」

「いや！」アンは我知らず口走った。

「なぜ？　まだ夫を愛してるから、なんて言うんじゃないだろうね？」

今日は二度同じことを言われた。アンはいらいらし、わざと一言一言はっきりと答えた。「愛してはいないわ。離婚するために話し合うのがいやなのよ。顔を見るのもいや！　あんな人、大嫌い！」

「わかったよ」ジョナサンは手を放して穏やかに言った。「だけど、直接会わなくたっていいんだぜ、アン。弁護士を頼めばいい」

「法廷で顔を合わせるわ。自分でもよくわからないんだけど、とにかく会うだけでもいやなのよ」

「どうしてだい？　きみは、別れた事情も話してくれないし……」

「忘れたいの」アンは小声で答えた。

「で、結局将来はどうしたいんだ？」ジョナサンの口ぶりはいつになく鋭かった。「一生一人でいるのかい？　形式上結婚しているだけの状態で？　きみは若くてきれいで頭もいい。それに、愛情もある。尼さんみたいな一生を送るなんてふさわしくないよ。第一、子供がほしいと思わないかい？」

急に涙で目の前がかすんだ。子供は生まれたのに――死んでしまった。アンは椅子のかたわらに座り込み、肩を震わせて泣き出した。デヴィッド……見ることもできなかった子供……一時はあらゆるものに恵まれていたのに、今は何もない。

ジョナサンはやさしくアンの肩を抱き寄せ、泣き声が静まるのを待ってハンカチを手渡すと、椅子から立ってブランデーを注いで来た。「さあ、これを飲んで、四年前のことを話してごらん」いつものジョナサンらしからぬ命令口調だった。

アンはブランデーに元気づけられ話し始めた。いずれにしても、ジョナサンには真実を知らせるべきだ。「ずっと昔のことから話さなくてはいけないんだけど……わたしは赤ん坊のころイギリスからカナダへ来て、三つのとき両親を亡くしたの。流感で……。身寄りがなかったので孤児院で育てられて、その後は里親になってくれる家庭を転々としたわ。愛してくれる人もなく、自分のお金を持ったこともなかったの。今こうして仕事を持って一人で暮らせるのがどんなにうれしいか、普通の人にはわからないと思うわ」

ジョナサンは新たに薪を一本暖炉についだ。一瞬ぱっと炎が上がる。デヴィッドとの幸せな生活もあんなふうに短かった……。

「看護師学校へ行く金はどうしたんだい？」

「その点はとても幸運だったわ。最後に里親になった家の奥さんが――マッジっていうんだけど――モントリオールの病院で小児科の師長さんをしていたの。で、わたしをボランティアのメンバーに入れてくれて、そのうちこの仕事が合いそうだからってお金を出して勉強させてくれたのよ。マッジには本当に感謝してるわ」

「だが、卒業まではいなかったんだね？」

「そう。クリスマスパーティーでデヴィッドに会ったのよ。彼は学校の顧問弁護士だったから。それで、知り合って、二カ月後に結婚したわ」

「きみはいくつだったの？」

「十九になる少し前。今になって考えればうまく行かなかったのも当然ね。わたしは若くて浮わついていたのよ。もちろんデヴィッドを愛していたし、しばらくは幸せな暮らしが続いたけど、大きな家や使用人、三台の車、社交生活、そうしたものにすっかりぼうっとしちゃったの。わたしたちはお互いに勝手なことをし出して、デヴィッドは一人でパーティーに出かけるようになったわ。わたしも同じことをし始めたの。そのうち、デヴィッドに女の人がいるって聞いて大げんかをしたわ。だからわたしは彼の親友とスキーに行ってしまったの。ばかなことをしたと思うけど、あのときは何もわからなかったの」

「わかるよ」

「結局何もなくなっちゃったんだけど、あのころは冷静に考えることなんかできなかったのね。とても惨めで、惨めになればなるほど一人で遊び回ったわ。やきもちもあったのよ。デヴィッドがほかの人と付き合っているのを黙って見ていられなかったわ」

アンはジョナサンの膝に頭をもたせかけた。

「デヴィッドのお母さまの問題もあったわ。お母さまは最初からわたしを憎んでたの。同じようにお金や地位があるいい家のお嬢さんをもらいたかったのよ。それなのにデヴィッドが一文なしの看護学生と結婚したので、すごく怒っていたわ。わたしはいつもお母さまにびくびくしていたの。わたしを追い出すためにはなんでもしかねない感じだったんですもの」

「で、最終的には?」

「子供ができたとわかったの。お母さまの期待に反してデヴィッドはすごく喜んで、わたしたちは最初のころよりもっと仲のいい夫婦になれたわ。ところがまただめになったの。デヴィッドは出張ばかりするようになって、たまに家にいると大勢お客さまを招《よ》んだわ。出産予定の二週間前にも……」

昨日のことのように、アンの心にセント・ローレンスの別荘の居間が浮かび上がった。金色のカーテン、クリーム色の敷物、見事な彫りのある家具……デヴィッドの声まで聞こえてくる……。

「明日の朝早くアメリカへ行く。オタワからね」

「まあ、やめられないの? もうすぐ子供が生まれるっていうのに」

デヴィッドはたばこに火をつけ、よそよそしく言った。「ぼくにはあまり関係ない」

アンはかっとした。「大ありでしょう!」

「なぜだ?」デヴィッドの青い目は氷のように冷たく、形のよい唇は一文字に引かれていた。

「だって、あなたの子供でもあるのよ!」

「本当にぼくの子供かい?」

アンは真っ青になり、無意識にピアノにつかまって体を支えた。「どういう意味？」

「きみはラルフとスキーに行った。九カ月前に」

アンは愕然《がくぜん》としてしまった。「二人で行ったんじゃないわ。大勢一緒よ。変に気を回さないで」

「気を回してなんかいないさ！」デヴィッドは荒々しくアンの腕をつかんだ。「ぼくは事実を言ってるんだ。ぼくの子かラルフの子か、可能性は五分五分じゃないか。ほかの男ってことも考えられる。きみはしょっちゅうどこかに行ってたからな」

「お母さまがおっしゃったのね？」アンは直感でデヴィッドの母クレアが何か言ったのだと悟った。

「時期が合っているのに気がついたのは母だ。だが、結論を下したのはぼくだよ」

「汚いことを言うのね！」

「きみこそ汚いことをしたもんだな！」

アンは必死で憤りを抑えた。「ラルフとは何もなかったわ。一緒にスキーに行ったのは悪かったけど、わたし、かっとして何も考えられなかったの――」

「それだけは本当だ。きみは何も考えない」デヴィッドは軽蔑《けいべつ》をこめてアンのお腹《なか》を見下ろした。「いずれ二週間たてばわかることさ。ラルフと同じ黒い髪の子が生まれるか、ぼくのような金髪か……」

「なんてこと言うの、ひどい人！　あなたなんて嫌い！　大嫌いよ！」

デヴィッドは激しくアンの体を揺さぶり、怒りに燃える目でにらみつけた。

「お互いさまさ。こんなふしだらな女を誰が好きになれる！」彼はじりじりした様子で髪をかき上げ、「ぼくは十日くらいで戻る。留守の間は母が来てくれるから」と言ってつかつかと部屋を出て行った。

あれがデヴィッドの姿を見た最後だった。

子供は四日後に生まれた。精神的に参っていたアンは風邪をこじらせ、軽い肺炎を起こした。そのため出産のときは神経がもうろうとしていて記憶もなく、その後は熱が続いて何日間もほとんど意識がなかった。気がついたとき、最初に目に入ったのは真っ直ぐに背筋を伸ばして午後の日ざしの中に座っているクレア・メトカーフだった。

アンは辺りを見回した。小ざっぱりした病室だ。花びんにらっぱ水仙が生けてある。体がふわふわ浮いているみたいで、時間的な意識がまったくない。クレアに病院へ連れて来られたのが遠い昔のように思える。「お母さま……」

クレアは椅子に座ったまま振り向いた。「あら、目が覚めたのね」

「今日は何曜日ですか?」

「木曜日よ」

「えっ? 入院したのが金曜日なのに……」

「あなたは病気だったのよ」クレアの憎々しげな言い方にアンはおどおどした。

「デヴィッドは……ここへ来ました?」

「いいえ」

突然、かつて感じたことのない恐怖感が襲いかかった。「何かあったんじゃないでしょうね?」

「別に。あの子は元気よ」

「ああよかった……」ほっとすると同時にアンはうれしくなった。「子供は……男の子ですか、女の子ですか?」

返事はない。クレアは黙ってダイヤモンドに飾られた自分の指を見下ろしている。

「お母さま……何か悪いことでも? 教えてください!」

なんの感情も見せずにクレアは答えた。「死産だったの。大事にしないからいけないのよ」

部屋がくるくると回り出した。アンは懸命にめまいと戦った。「子供はどっちでした?」

「聞いてどうするの?」

「知りたいんです」

「どうしても知りたいのなら……女の子よ」

アンは口にこぶしを当てて泣き声を抑えた。「デヴィッド――デヴィッドに会わせてください」

クレアは立ち上がり、すらりとした姿を見せて窓辺にたたずんだ。「デヴィッドは来ないわ」

「なぜですか？」アンは息が止まりそうだった。

「ことづてがあるの。もう、あなたとはこれきりにしたいって言ってるわ。会いたくないんですって。月々生活費は出すそうよ。あなたには多過ぎるくらいの額をね。まあ、それはデヴィッドが決めたことだから……要するに、あなたにはもう帰って来てほしくないんですって」

アンは思わず叫んだ。「子供は彼の子です！」

「子供の父親が誰かなんて、わたしにはどうでもいいわ。わたしの役目は伝言を伝えるだけよ」

「デヴィッドは直接言いに来ないんですか？　そんな意気地なしなんですか？」

「よくはわからないけど、きっと二度と顔を見たくないんでしょ」

アンはプライドも何も捨てて頼み込んだ。「お母さま、お願いですから、会ってほしいってデヴィッドに伝えてください。わたしはデヴィッドを愛していますし、デヴィッドも愛してくれていると思います。なんとかしてうまくやって行きたいんです」

「わかったわ。伝えましょう。でも、わたしがあなただったら、高望みはしないわね」クレアは静かに毛皮のコートをはおり、鏡の前に立って帽子を直した。単なる儀礼的な訪問を一つ済ませたときのように。「多分もうあなたに会うことはないでしょう。デヴィッドの弁護士が二日くらいのうちにここへ来て、必要な手続きをするわ」彼女はスエードの手袋を着けながら冷たい青い目に勝ち誇った光を浮かべた。「さよなら、アン」

2

暖炉の薪《まき》が崩れ、火の粉が散った。アンははっと我に返り、目をこすった。

「何を考えてたんだい？」

「ごめんなさい、ジョナサン！」

「話してくれないか？」

いやな思い出だが、ジョナサンには少なくともかいつまんで話さなくてはいけない。「デヴィッドがいないときに、子供は死んで生まれたの」アンは声を震わせた。「デヴィッドはわたしに会おうともしなかったわ。お母さまから弁護士が訪ねて来るって言われたけど、わたしはその前に病院を出て来ちゃったの」

「黙って逃げ出して来たってこと？」

「そうよ。二日たって少し体力も回復したので、看護師さんたちがコーヒーを飲んでいる間に病院を出たの。タクシーで空港まで行って、キャッシュ・カードでお金を引き出したわ。カナダ航空のカウンターに行くと、最初に空席があるのはハリファックス行きだったの。で、偽名でここまで乗って来て、もう一度看護師学校に入って仕事に就いたわけ」

「ひどい話だな……。きみのしたことは間違ってなかったと思うよ」

「ほかに方法がなかったのよ。お金なんか受け取る気にもなれなかったし」

「だけど、聞いてみてますますはっきりした。遅かれ早かれ離婚すべきだよ」

「理屈の上ではそうね」アンは沈んだ声で言った。「でも、とにかく顔を合わせるのもいやなの。わたしがあれほど会いたがっていたときに彼は拒絶したった。

のよ。絶対許せないわ」

「だからこそ縁を切らなくちゃ」

そのとおりだ。ジョナサンの言うことに間違いはない。しかし、どうしてそんなことができよう。結婚の破局と子供の死という二重の苦しみからやっと立ち直ったのに、また傷口をあけるなんて。

ジョナサンはアンの手からゴブレットを取って暖炉の上に置き、両手で彼女の冷たい指先を温めた。

「疲れてるみたいだね」

「そうよ。実は、お昼に昔のお友達に会ったの。だから、今日は二回もいやな過去を思い出してしまったわ」

「よし、もう帰るからゆっくり休むといい。ただ、一つ約束をしてほしいんだ」

アンは無言でうなずいた。

「ぼくが言ったことをよく考えてくれ。離婚するしかないとわかるはずだ。きみができるだけいやな思いをしなくて済むように、ぼくも精いっぱい手を貸すよ」ジョナサンはアンの手を唇に押し当てた。

「愛してるんだ、アン。結婚してほしい。そのことも忘れないでくれ」

再び涙があふれ、アンはしきりとまばたきした。

「やさしいのね、ジョナサン。いつもよくしてもらってるのに、わからないこと言ってごめんなさい」

「きっとなんとか解決できるよ」彼はアンの手を引っ張って一緒に立ち上がり、ウエストに腕を回した。彼の唇がアンの唇に触れる。心を乱すキスではなくて、やさしく慰めてくれるキス。「おやすみ、アン。一日二日のうちに電話する」

その後数日外科病棟はいつになく忙しく、ほかのことを考える暇も体を休める暇もなかった。それでも、夜はいつも耐えられないほど長く、よく眠れない日が続いた。デヴィッドの面影がはっきりとよみがえるのだ。青い目、形のよい唇。激しく求め合い熱く燃えて過ごした日々のことを、何カ月ぶりかで思い出した。彼の引き締まった腿や広い肩、体をすべる手……みんな今でもありありと浮かんでくる。大げんかをしているときでさえ、彼に触れられるととけてしまうのが常だった……。

心はそこから自然にジョナサンの上に飛ぶ。親切で頼りになるジョナサン。でも、キスされても抱き寄せられても、安心感があるだけで少しも心は燃えない。それがわかっていて、どうして結婚することなどできよう。

だが、いくら激しい愛の行為を分かち合ったとはいえ、デヴィッドと暮らすことはできない。お互いに傷つき、デヴィッドの拒絶を最後に結婚生活は幕を閉じたのだ。今となってはジョナサンと結婚するのが幸せに生きる道だろう。情熱だけが結婚の土台ではない。ジョナサンとの穏やかな交わりのほうが、長続きしていいのかもしれない……。

アンは毎日繰り返しそう考えたが、決心はつかなかった。ジョナサンは日曜の夜バンクーバーへ発《た》つことになっていたので、二人は土曜日に田舎へドライブに出かけた。アンの張り詰めた顔つきに気づいたジョナサンは、わざとどうでもいいような話題しか取り上げなかった。

月曜日は普段どおりに仕事を済ませたが、火曜日、アンの人生をぬり変えるできごとが待っていた。

朝はいつもと同じに何ごともなく過ぎた。カフェテリアで昼食をとり、午後は例によってウッドサイド氏の包帯を替えた。今日が退院の日なのである。

彼はアンの手に封筒を押しつけてぶっきらぼうに言った。「これで何か買いなさい」

「お気持はうれしいんですけど……いただくわけにはいきませんわ、ウッドサイドさん」

「いいじゃないか。とんがり顔の師長に言ったりはせんから」

その形容の仕方にアンはおかしくなり、気を悪くされても困るので素直に封筒を受け取った。「ありがとうございます。ご親切に」

「いやいや！　もっとたくさんあげたいところさ。もう、いい人はつかまえたかね？」

アンは不意を突かれて戸惑った。「は？　い……いいえ」

「惚《ほ》れてないなら結婚しなさんなよ」ウッドサイド氏は白い眉の下からアンを見つめた。

「ええ、よく覚えておきます」

「それがいい。ふさわしい人が現れればすぐにわかる。これだ、とぴんとくるものさ。さあ、そこにある雑誌も持って行きなさい。そろそろ家内が来る。四十年前にわたしを夢中にさせた女だ。それを後悔したことは一度もない。あんたにも同じ経験をしてもらいたいんだよ」

アンは何冊もの雑誌をかかえて病室を出、ロッカーに入れた。ウッドサイド氏の言うことは確かだ。ジョナサンとは結婚できない。夢中になった相手はデヴィッドなのだから。

仕事が終わってからは食料品を買い、部屋を掃除した。シャワーを浴びて赤いベルベットのホームドレスに着替え、ほっとくつろいだときは九時近かった。早速昼間の雑誌を膝に、暖炉のそばの肘かけ椅子に納まり、ココアの入ったマグをかたわらに置いた。ジョナサンのプロポーズを断る決心がつき、不思議なほど安らかな気持だった。

雑誌を見ているうちに、大西洋岸の地方を特集した最新号が出てきた。記事も写真もとてもいい。ノーサンバーランド海峡にあるプリンス・エドワード島の特集ページもある。前から行きたいと思っていた島だ。今年の夏はぜひ行ってみよう。

ふと、ある名前が目に飛び込んできた。〈デヴィ

ッド・メトカーフ。プリンス・エドワード島、ストーナウェイ〉

一瞬心臓が止まり、それから激しく打ち始めた。手が震え、雑誌は床にすべり落ちた。アンは急いでそれを拾い上げ、狂ったように今の名前をさがした。あった。やはり間違いではない。

頭が混乱し、三回くらい読み直してやっと内容がくみ取れた。広告だったのである。〈子供の付き添い人を求む。勤務時間不定期。年齢二十一歳以上。高校以上の専門教育を受けた方。二カ国語できればなお可。住み込み。給与資格により優遇。要推薦状〉

右端にデヴィッド・メトカーフの住所、反対側に応募の宛先《あてさき》が書いてある。〈ノヴァ・スコシア、ハリファックス、モートンビル五一〇号室。アンリエット・ゴールド〉続いて電話番号も。

最初に考えたのは、夫とは別のデヴィッド・メトカーフかもしれないということだった。ありふれた名前ではないが、同姓同名の人だっているだろう。それに、別れたときデヴィッドが暮らしていたのはモントリオール市内のマンションか、町外れの別荘である。島に家があるとか、島に住みたいとかいう話は聞いたことがない。

第一、再婚していないのに子守の求人広告を出すはずはないのだ。やはりデヴィッドではない。でも、ひょっとしたら……彼の仕事はモントリオールに住んでいなくてもできるし、養子をもらったということもあり得る。子供のいる女の人と暮らしているのかもしれない。

激しい嫉妬《しっと》心が体をかけ抜け、再び手が震える。むごい仕打ちを受けてから長い年月を経た今、なぜ彼のしていることが気になるのだろう？　もう、関係ないはずではないか。

さっきまでの和やかさはどこへやら、アンはすっかり落ち着きをなくして居間を行ったり来たりし始めた。名前を目にしただけでそわそわするとは、なんて情けないのだろう！　四年がかりで築いたとりでは、予期せぬ攻撃に出会ってあっさり崩れてしまったのだ。認めたくはないが、デヴィッドの体に触れたい思いがしきりと頭をもたげる。

ベッドに入っても一向に寝つけなかった。疲れた頭の中を、結婚していたころのできごとが次々と通り過ぎる。旋風のように、つまらない人生を幸せに満ちた毎日に変えたデヴィッド……パーティー、きらびやかな音楽会、トロントやニューヨークへの旅、新しい服、すてきな車、おもしろおかしく過ごした日々、けんか……仲直りした暗い寝室、それに続いて一段とひどいいさかい。そして、とうとう深い愛は同じように深く激しい憎しみに変わってしまった。

翌朝仕事に出るときは頬紅で青ざめた頬を隠し、アイシャドウとマスカラを濃くして目の下のくまをごまかした。折悪しく今夜はマリアンと食事をすることになっている。鋭いマリアンはすぐに見抜いてしまうことだろう。家を出る直前に、アンは雑誌の広告を切り取り、ハンドバッグに入れた。なぜそんなことをするのか、自分でもわからないままに。

十時半の休み時間がやってくると、無意識に廊下の突き当たりにある電話ボックスに入り、広告を取り出してじっと電話番号を見つめた。どうしても知りたい。確かめなくては気が済まないのだ。

何を言ったらいいかも考えずにアンはコインを入れ、ダイヤルを回した。先方のベルが鳴っている。急に口の中がからからになった。

「ヒューストン法律事務所でございます」きびきびした女の声が流れた。

「あ……もしもし……アンリエット・ゴールドさんをお願いしたいんですが」

「かしこまりました。少々お待ちください」

かちっかちっという音。「はい、アンリエット・ゴールドです」

アンははっとし、あわてて言葉をさがした。「あの……わたし、アトランティック・ヘラルドの広告を見たんですが……もう少し詳しいことをうかがってから応募したいと思いまして……」

「結構ですよ。失礼ですがお名前は？」

まさか本当の名前を言うわけにはいかない。とっさに頭に浮かんだのは……。「マリアン・ウインタースです」

「わかりました。広告にあるとおり子供の相手をしていただくだけですから、家事そのほかお手伝いさんのような仕事はありません。ストーナウウェイはプリンス・エドワード島の北岸にある小さな町でして、メトカーフさんのお宅はとても立派ですの。条件のいい仕事だと思いますよ」

「そうですか」どうすれば肝心なことを聞き出せるかと思案しながら、アンはゆっくりと言った。

「資格か何かおありですか？」

「看護師の資格を持っています。それから、フランス語が話せます」これはモントリオールにいたおかげである。

「それでしたらぴったりですわ」

アンは思い切ってたずねた。「メトカーフさんて、もともと島の方ですか？」

「いいえ、最近モントリオールから引っ越されたばかりです」

「で……お子さんは男の子でしょうか？」

「女の子です。ジェシカといって四歳ですの」

地球の動きが止まったような気がした。「その子……メトカーフさんの子供ですか？」

「ええ、もちろん」驚いたような声が返ってきた。

大きな手で心臓をつかまれたように息苦しい。でも、何か言わなくては。「ありがとうございました。

少し考えて、明日か明後日《あさって》お電話します」

「お待ちしております、ウインタースさん。面接はいつでも結構ですから」

アンは電話を切って壁にもたれた。走ったあとのように息切れがする。デヴィッドに娘がいる――四歳――名前はジェシカ。四年前といえば、アンとデヴィッドの子供が生まれたときだ。ジェシカはその子に違いない。死んではいなかったのだ。アンの体は喜びに震えた。子供は生きていた……。

午前中はときおりうれしくて叫び出したい思いにかられ、仕事に神経を集中するのが一苦労だった。昼になっても食欲がなかったので、毛皮の帽子と厚ぼったいコートに身を固め、半島の先端にある公園に向かって歩き出した。風情のある松の木が雪の上に灰色の影を落とし、大西洋から吹きつける風が肌を刺す。道は木々の間を曲がりくねって続いている。新たな幸福感に足どりも軽く歩いて行くと海辺に出た。鉛色の海水が岩を洗う。それを見ているうちに、初めて冷静にものごとを考える余裕ができた。

クレアは子供が死んだと言った。となれば、ジェシカはアンの子供ではない、もしくは、クレアが嘘《うそ》をついたかのどちらかである。なぜ嘘を？　考えるまでもない。デヴィッドがそう言わせたのだ。それほどわたしを憎んでいたの？　涙がにじみ、灰色の空と鉛色の海とが一つにとけ合った。

そのとき急にまた別の考えが頭をもたげた。いくらなんでも、デヴィッドがそうまでひどいことをするはずはない。少なくとも一度は心から愛してくれたのだ。彼は多分自分の子供を亡くした悲しみをいやすために、他人の子を養女にしたのだ。午前中浮き浮きしていただけに、そう考えるのはたまらなく辛《つら》い。

アンはポケットに手を突っ込み、頭を下げて向かい風をよけながら今来た道を戻り始めた。帰る道すがらも疑惑に悩み続けた。デヴィッドが嘘をついたのか、子供が養女なのか。どちらにしても耐えられない。病院に着いたとき、その悩みは断固とした決意に変わっていた。なんとかして事実をつかもう。本当のことがわからない間は居ても立ってもいられない。

いい方法を思いついたのは、夜レストランでマリアンの向かいに座ったときだった。マリアンを説き伏せればいいのだ。アンは目をエメラルド色に輝かして体を乗り出した。「マリアン、お願いがあるの。ちょっと変わったお願いだけど」

マリアンは感じよくにっこりした。「いいわよ。なんでも言って」

アンは広告を見せてから、いきさつを手短に話した。「死産ていうのが嘘だったのか、ジェシカはわたしの子供じゃないのか……どうしても知りたいのよ。わかってくれるでしょ、マリアン？」

マリアンはしばらくたってからやっと口を開いた。

「嘘だったとは思えないわ。そんなひどいことする人なんていないでしょう」

「ジェシカはわたしの子じゃないって言うの？」

「それはなんとも……あなたの気持はわかるわ。事実を確かめるのには賛成よ。でも、どうする気？」

「お願いというのはそれなの。この仕事に応募して、ジェシカに会ってみたいのよ。一目見れば自分の子供かどうかわかると思うわ。でも、本名で応募するわけにはいかないから……あなたの名前を使わせてほしいの。あなたは三日もたてばオーストラリアへ行ってしまうんですもの、いいでしょ？」マリアンは目をぱちくりさせている。アンはあわてて続けた。

「実は、問い合わせの電話をかけたときにあなたの名前を言っちゃったの。悪気はなかったのよ。ただ、夜あなたに会うことを考えていたものだから……」

「アン、それはやめたほうがいいわ。とんでもないことになるわよ!」

「大丈夫よ」アンは必死だった。「あなたはデヴィッドに会ったことはないんですもの。それに、わたしは変わったわ。この間会ったとき、あなたにもわからなかったじゃない」

「それはそうだけど……わたしはあなたのご主人じゃないわ」

アンは顔をしかめた。あまり見込みはなさそうだ。

「たぶんデヴィッドとはたまに顔を合わす程度だと思うわ。あの人、留守が多いらしいから」

「ねえ、アン、何も偽名を使うことはないでしょう? 堂々と訪ねて子供に会わせてもらえば?」

「でも、わたしの子供かどうかわからないし、降参して帰って来たと思われるのがくやしいのよ」

「困ったわねえ」

「どうしようもないわ」アンは静かに言った。「確かめないことには気が狂いそうなの」

「いいわ!」マリアンはいたずらっぽく目を光らしてワイングラスをかざした。「新しいマリアン・ウインタースに乾杯!」

「ありがとう!」

「まだお礼を言うのは早いわよ。だけど、乗りかかった船だから最後まで協力するわ。運転免許証ももういらないからあげるし、仕事の推薦状も持ってるし——ただし、一つ交換条件があるの。どうなったか知らせて」

「もちろんよ! おかげで助かったわ!」

「そうだといいけど。またいやな目に遭う恐れだってなきにしもあらずよ」

「仕方がないわ。じっとしてはいられないんですもの」アンは居ずまいを正した。「あなたの仕事のことを聞いておきたいわ。面接のときに質問されるかもしれないから」

食事の間中、マリアンはフレデリクトンでの生活を詳しく話してくれた。「このくらい知っていれば安心よ。明日にでも応募する?」

「早速電話して面接を受けるわ。わたし以上にいい人が応募してなければいいんだけど……」

「わたしは土曜日に発つから、その前に書類を渡すわね」マリアンは腕時計に目を注いだ。「これからジムの親戚《しんせき》に会うの。これほど身内が多いと知っていたら逃げ出すところだったのに!」ふざけて言ってから、彼女は真顔に返った。「うまくいくように祈ってるわ、アン」

「ありがとう、持つべきものは友達ね!」

面接は滞りなく終わり、三日後には採用の通知を受け取った。アンリエット・ゴールドは給料を決め、島へ移る手配をしてくれた。看護師の応募者はたくさんいるので、病院を辞めるのは簡単である。届けを出して一週間たてば辞められるのだ。来週は島へ……ジェシカのもとへ……行ける。

初め、マリアンに化けるのは怖かった。しかし、心の奥で戦い抜かねばならないと思っていたせいか、大してやましさを感じなかった。実際のところ、大きな心配の種が二つ消えてすっかりうれしくなっていたのである。一つは、義母のクレアが一緒ではないこと。島はいやだと言ってモントリオールに残っているのだそうだ。もう一つは、デヴィッドの留守中子供をみるのがこの仕事の目的だということ。デヴィッドがいないときは二十四時間勤務だが、帰って来たら仕事はしなくていいのだ。「広告に勤務時間不定期と書いてあったのはそういう意味なんです」アンリエット・ゴールドは冴《さ》えない顔をして言った。「この条件と折り合わない人がいっぱいいましたのよ」だが、アンにとってこれは願ってもない条件だった。うまくすれば、デヴィッドと顔を合わせずに済むかもしれない。

ハリファックスとも今週でお別れというある日、アンは控えめな渋いツイードのスカートとセーター、同じく地味なローヒールの靴《くつ》を買った。それに眼鏡も二つ。ユニークな目の色を隠すために、一つは色のついたものにした。だが、支度に加えてアパートの問題などがあって大切なことを忘れていた。ジョナサンである。すべては彼がバンクーバーに行っている間に起こったことなのだ。プリンス・エドワード島へ発つ二日前の夜、ドアのベルが鳴った。アンは古ぼけたジーンズとTシャツを着て荷造りをしているところだった。

「まあ、ジョナサン！」ドアをあけたアンはかん高い声を立てた。「どうぞ……入って」

「何が始まったんだい？」ジョナサンはからかった。「まるで引っ越しみたいじゃないか」

アンは赤くなって口ごもった。「あの……いつ帰ってらしたの？」

「六時半の飛行機で。着いて真っ直ぐここへ来たんだぞ。キスもしてくれないのかい？」

アンはそれには答えず居間へ入った。「ちょっと座って。飲み物を作るわ。話があるの」

深刻なアンの口ぶりに気づいたジョナサンは、鋭く問いただした。「何かあったんだね？　アン、結婚の申し込みは受けてくれないのかい？」

「事情が変わったの、ジョナサン」アンはジョナサンに肘かけ椅子をすすめ、厚いクッションに腰を下ろしてことの成り行きを説明した。飲み物も忘れていた上、彼にショックを与えないような言い方も思いつかなかった。「で、明後日発つんだけど、ゴールドさんによればデヴィッドはトロントで裁判があるので、二週間は帰らないんですって。その間にジェシカがわたしの子供かどうかわかるわ」

ジョナサンはいつになく暗い顔をしてアンを見つめていた。「飲み物を作ってくれるんじゃなかった？ 何かほしいな」

席を外せてほっとしながら、アンは台所で彼にハイボールを、自分にシェリーを注いで来た。

「きみがこんなことをするとは信じられない」ジョナサンはずけずけと言った。「いい仕事を捨てて――今なかなかあれだけの仕事はないからね――アパートも人に貸し、ぼくとの付き合いもやめて、はかない望みに飛びつくのかい？ ばかげてるよ！」

「はかない望みとはどういうこと？」アンはかっとして言い返した。

「その子がきみの子供じゃない可能性はたくさんある。第一、どこで見分けるんだ？ 会ったとたんに子供が『ママ』って言って抱きついて来るとでも思ってるのかい？」

ジョナサンの激しい口調にアンは青ざめた。「まさか。でも、わたしにはわかるわ。説明できないけれど、わかると思うのよ」

「それはいいとしても、他人を装うのは法律違反だよ。マリアンがまだここにいたら怒鳴りつけてやるところだ。きみにこんなばかな真似《まね》をさせて！」

「ばかなものですか！ ジェシカはわたしの子供かもしれないのよ。わたしには大問題だわ」

「それはわかるよ。だが、偽名で応募しなくたっていいじゃないか。会いに行って本当にきみの子供だったら、なぜだましたってご主人にきけば済むことだろう？ それなのにきみはわざわざややこしくしてるんだ」

アンはユーモアのセンスを取り戻した。「あなたはそれをまたかき回してるわけね？」

ジョナサンの表情が次第に和らいだ。「そうだな。言い過ぎたらしい。悪かったよ、アン。言いわけさせてもらえれば、びっくりしたせいだ。ところで、軽いスナックでも作ってくれないかな？ 食事、まだなんだ。食べたら荷造りを手伝うよ」

じんと目頭が熱くなり、アンはジョナサンを抱き締めた。「相変わらずやさしいのね、ジョナサン。すぐに支度するわ。荷造りを手伝ってもらえれば大助かりよ」

「ぼくは来週シャーロットタウンに行く。展覧会のオープニングに招待されてるんだ。多分そのときに会えるだろう」

「うれしいわ。そのころには気持も落ち着くと思うの」アンは快活に答えた。期待外れの答えだったのかもしれないが、ジョナサンは何も言わなかった。

その後は楽しいひとときを過ごしたが、帰りがけにジョナサンは真剣な顔をして言った。「きみは決して神経の太いほうじゃない。また傷つくんじゃないかと心配なんだ。ぼくが力になれそうなことがあったら、必ず電話してくれるね？　ぼくがいなくても伝言を残してくれればいい」

「約束するわ。ありがとう、ジョナサン」

3

二日後、アンは白い大きなフェリーに乗ってノーサンバーランド海峡を渡った。プリンス・エドワード島に着くと、テレンス・オコナーという小柄な六十がらみの男が迎えに来ていた。運転手兼雑用係なのだろう。車はスマートな黒いベンツだった。デヴィッドの好みは変わっていない。助手席に座ったアンは目的地を目の前にして緊張していたが、幸いテレンス・オコナーは一人でしゃべって楽しんでいる質《たち》だったので、ときどき相づちを打つだけで済んだ。車は凍てついた道路を飛ぶように走り、約一時間後、丘の頂上にさしかかった。

「ここから家が見える」テレンス・オコナーは車を

止めた。「いいながめだよ。降りて見るかね?」

アンは外に出て存分に脚を伸ばした。太陽がなだらかな丘陵の彼方に沈みかけ、空と雪を柔らかいばら色に染めている。まだ氷の張っていない川は、細い灰色のリボンのようにくねくねと谷間を下り、湾に注いでいる。遠くの岸辺に沿って海水が暗い色を見せ、その先は水平線まで白い流氷が続く。辺りでは物音一つしない。

磁石に吸い寄せられるように、目は自然に眼下の建物に移る。丘の中腹に建つL字型の家——デヴィッドの家だ。海風を防ぐ丈高いえぞ松やかえでの林の陰で、格子窓が夕日を反射して輝き、煙突からは薄青い煙が細く立ちのぼっている。まろやかなオークル色のれんがとニスぬりの杉でできている家は、丘や木々と同様周囲の風景に溶け込んでいて、なんの違和感も感じさせない。たまらなく心を引きつける家……温かく迎えてくれる我が家とでも言いたいような……。そこでアンは我に返り、家を見ただけで心を動かされるようじゃだめよと自分自身を叱《しか》りつけて車に戻った。デヴィッドは昔から趣味がよく、美しいものを見る目があった。今の家もその表れの一つに過ぎない。歓迎されそうな気がしたのはまったくの錯覚で、アンはむしろ邪魔者なのだ。デヴィッドのすべてのものに心を動かしてはいけない。子供だけは別としても。

立派なドアの前に車が止まったときは心臓がどきどきした。家の窓からは金色の光が流れ、雪を明るく照らしている。大きな荷物はテレンスに任せ、アンはハンドバッグと化粧ケースだけ携えて車を降りた。家に近づくと、ドアは中からさっとあいた。デヴィッド! と思ってどきっとしたが、そこに立っていたのは白髪混じりの地味な身なりをした女性だった。

「ウインタースさんね? わたし、ディーダー・オコナーです。さ、中へどうぞ。テレンス、カーペットがぬれるからブーツを脱いでちょうだい」

テレンスがおとなしくその言葉に従うのを見て心の中で笑いながら、アンも膝までのブーツを脱ぎ始めた。

ディーダーはなおも話しかけてくる。「あなたが来てくれてよかったわ。わたしは年寄りだからあまりあの子と遊んであげられなくてね。雪だるまだのそりだのと言われても無理ですもの。だから、お父さんがいないと寂しがって……母親のいない子ってかわいそうね」

最初からこうあからさまな話を聞かされるとは思ってもみなかった。アンはうつむいているのを幸い、さりげなくたずねた。「お母さまはどうしたんですか？」

「あの子が生まれてすぐに蒸発しちゃったとかいう話よ。ひどい人ね。名前は聞いたことないけど」

そういうことになっているのか！　アンは平静を装って言った。「早くジェシカに会いたいわ」

「あなたが来たとわかれば飛んで来るわよ。まずお部屋へ案内するわ。それからお食事にしましょう。あなたのためにおいしいお料理を作ってあるの。テレンス、ウインタースさんの荷物を運んで」

テレンスが運転しながら一人でしゃべりまくるわけがわかった。きっと家では口をきく間がないのだ。

アンはディーダーに続いて二階へ上がった。ふかふかしたカーペットが裸足《はだし》に心地よく、美しい家具調度を備えた広い部屋や、見事な絵画が目を奪う。アンの部屋は湾に面していた。すでに日は沈み、えぞ松が冬の青白い空を背に黒くくっきりと浮き上がって、星が一つだけまたたいている。なんてきれいなのだろう！　アンは自分がなぜここにいるのかも忘れてその景色に見入った。

「ここは冬来るところじゃないわね」ディーダーは

外の美しさなど目に入らないかのようにさっさとカーテンを閉めた。「バスルームはあそこ。お食事は三十分後でいいかしら？　ジェシカはもう済んだから急がなくていいのよ」

「ええ、ありがとう」一人になったアンはほっとし、部屋の中を見回した。カーテンとベッドカバーは緑色のベルベット、壁とカーペットはベージュである。れんが造りの暖炉を中心に、一方には布張りの椅子、もう一方には木の机と椅子のセットが置いてある。デヴィッドが好みそうなすっきりしたインテリアだ。

アンはバスルームに入り、手を洗って淡いピンクの口紅をぬり、髪をきちんとしたまげにゆった。五歳くらいは老けて見えるはずだ。その上に眼鏡をかけると、四年前のアンの面影はもうどこにもなかった。

「こんにちは、あたしジェシカよ」

アンはばねじかけのように振り向いた。いつ入って来たのか、小さな女の子がドアの前に立っていた。グリーンのジャンパースカートに白いタイツをはき、手に熊の縫いぐるみを下げている。

「こんにちは」アンはかすれ声で答えた。不思議に何も感じない。まるで気が遠くなったように。

子供はデヴィッドと同じ金髪だった。強いて言えば少し茶色がかっている程度だ。耳の辺りでくるくるとカールした毛先がなんとも言えずかわいい。だが、顔立ちはアンに瓜二つだった。高い頬骨も、長い眉も、グレイよりグリーンに近い目も、かすかにとがったあごも。

「ウインタースさんていう人？」ジェシカは真面目くさった顔をしてアンを見ている。

「そう……そうよ」どれほど「違うわ。あなたのママよ」と言いたかったかしれない。まぎれもなく、ジェシカはわたしの子だ……あのときの子供は生きていたのだ！

アンはジェシカのかたわらに膝をついた。「この熊、なんて名前？」

「プーさん」

「そう。じゃ、蜂蜜《はちみつ》が好きでしょ？」

「あたしも好き。朝トーストにつけて食べるの。でも、ディーディーはときどきパンを焦がしちゃうわ。あたし、あの黒いトーストいや！」

アンは思わず笑い出した。ディーディーとはディーダーのことに違いない。「これから、仲よしになりましょうね」

「寝る前にご本を読んでくれる？　パパがおうちにいるときはいつも読んでくれるの」

「もちろんよ」パパと聞いてどきりとし、もっと平然としていなくてはいけないと自分に言い聞かせる。

「お台所はどこ？　オコナーさんがお食事の支度をしてくれてるのよ」

二人は連れだって階下《した》へ下りた。食事はダイニングキッチンに用意してあった。黄色い花模様の壁紙、白い籐《とう》家具、窓辺に観葉植物を備えたこぢんまりした部屋である。アンがあつあつのミートパイとチョコレートスフレを食べている間、ジェシカは新しいそりのことや熊のプーさんのことをあれこれと聞かせた。「それからね、今度パパが帰って来るときはスケート靴《ぐつ》を買って来てくれるの。パパ早く帰って来ないかなあ」

夕食後、ジェシカは気の向くままにアンをあちこち引っ張って行った。最初は家の裏手。スキー用具やトボガンそりがきちんと並べてある。

「明日、雪の中で遊びましょうか？」アンは明るく誘いかけた。

「うん、でも……あたし、パパとスキーするのが一番好き」あまり気乗りのしなそうな返事だ。初めて不安な気持になる。

ジェシカの部屋は、アンの部屋と隣り合わせで、パステルカラーに彩られたかわいい部屋である。棚にはおびただしい数のぜいたくな玩具と、さまざまな本が並んでいる。次に、ジェシカは廊下の突き当たりにある部屋のドアをあけた。

「パパの部屋よ」その言葉の裏に深い寂しさが感じられる。見ず知らずの女に娘を預けるなんて、とデヴィッドに対し憤りを感じたが、その気持はすぐにほかの感情にのまれてしまった。夫だった人の寝室を見ていれば、何か胸に迫るものがあるのはしかたがない。

部屋は広々としていて海側は大きな一枚ガラス。灰色の壁、ダークブルーのカーテン、同じ色のカバーをかけたベッド。我知らずあわててベッドから目をそらす。真っ白いカーペット、グレイの石造りの暖炉。本棚の本だけがわずかに派手な彩りを添えている。男性的で、冷たく整然とした部屋……。

「ねえ、お話読んで」ジェシカの声にアンは跳び上がりそうになった。

「いいわ。お部屋へ行きましょう」

入浴後、ジェシカはクッキーとミルクが届けられた寝室でお話を聞き、お祈りをした。「パパをお守りください」という言葉を聞いて、アンは胸がいっぱいになった。

ジェシカにキスをしたかったが、「おやすみなさい。用があったら呼んでね」と言うにとどめた。ジェシカのほうはアンと違って母子《おやこ》の愛情を感じているわけではないのだから。

自分の部屋に戻ったアンは、長いこと窓辺に座って見るともなしに湾をながめていた。ジェシカと接した一瞬一瞬がよみがえる。あんなかわいい子供に成長したなんて……次いでデヴィッドの寝室が目に浮かぶ。四年前、古着のようにアンを捨て、ジェシカを奪ったデヴィッド。あの子はわたしの血を分けた子供だ！　アンは膝の上でこぶしを固めた。

場所が変わると寝られない質なのに、その夜は熟睡できた。ジェシカがいるだけで自分の家のような気がするのだろうか？　目が覚めてから、しばらくベッドの中で今日は何をしようかと考えた。ジェシカについて、もうある程度のことはわかった。父親が留守がちで寂しいこと、人見知りしないこと、あの年にしては驚くほどお行儀がよいこと、などである。おそらく、一人でいることが多いからだろう。かわいそうに。これからは寂しい思いをさせないようにしてあげよう。

すでに打ちとけてはいるが、本当にジェシカがなついてくるまでには時間がかかる。デヴィッドが二週間帰って来ないのは好都合だ。その間にゆっくりジェシカと仲よくなれる。

階下に下りると、ジェシカはもうテーブルについて赤砂糖をたっぷりかけたポリッジを食べていた。すぐにディーダーがアンの分を運んで来た。

「おはよう、ジェシカ」アンは浮き浮きして声をかけた。天候まで調子を合わせてくれたのか、大きな窓からは明るい日ざしが流れ込み、雪におおわれた丘は目もくらむばかりに輝いている。昨夜は気がつかなかったが、ダイニングキッチンはすばらしい眺望《ちょうぼう》を満喫できるように作られているのだ。外を見ていると、子供のように外に飛び出したくなる。

「おはよう、ウインタースさん」

ジェシカの青白い顔色が気になったアンは、早速提案した。「お食事が済んだら外へ行かない？」

「パパがいないときは表へ出ないの」

「あら、なぜ？」

「ディーディーは外が嫌いだし、ほかに遊ぶ人がいないから。パパがいればスキーやトボガンで遊んでくれるわ」ジェシカの唇がかすかに震えた。「パパがいないとつまらない」

「そう。早く帰って来るといいわね」

ジェシカはうなずいて熊のプーさんを抱き寄せた。

「近くにお友達はいないの？」

「ヘイリーさんのところに行けばいる。男の子が三人。でも、遠いから一人で行けないの」

「じゃ、行きたいときは今度からわたしが連れて行ってあげるわ。で……パパがいないときはいつも何して遊ぶの？」

「テレビを見たり、お部屋で遊んだり……ディーディーとクッキーを作ったり」

アンは努めて明るく言った。「そりで遊びましょうよ」

「いいわ！」

食後二人はスノースーツに身を固めた。アンはジェシカのブーツのジッパーを上げ、そりを引いて表へ出た。ジェシカは園芸器具が置いてある物置の方を見て言った。「パパが、今年の夏はあたしの庭を作ってくれるんですって。かぼちゃを植えるの。ハロウィーンのとき使うから。それと、ラディッシュも。色がきれいでしょ？」

「にんじんもいいわ。とれたてを食べるとおいしいのよ」答えながら、アンは〝パパが……〟というのがジェシカの口癖なんだわ、と思った。やがて家の裏手の斜面に出、二人はそりで遊び出した。立ち上がってロープでかじを取る方法を教えてあげると、ジェシカはすっかり夢中になって何度も上ってはすべり下り、転ぶ度にきゃっきゃっと笑い声を立てた。

昼近いころ少し疲れが見え始めたので、アンは早速そり遊びを切り上げることにした。「おうちに帰ってお昼にしましょう。お腹《なか》がぺこぺこだわ！」

食卓についたときジェシカの頬には赤みがさし、さらにうれしいことにその態度は一段と人なつっこさを増していた。

日を重ねるにつれて二人は親しくなり、アンは自分のことをファーストネームで呼ばせることにした。

けれど、子供にはマリアンという名は発音しにくい。そこで縮めて〝アン〟にした。ちょうどいい呼び名だ。ジェシカに子供っぽい声で名前を呼ばれると、喜びに胸がふくらむ。ジェシカは心の中にしまってある大切なことも話すようになった。蛇とくもが怖いこと、子犬を飼いたいことなどである。「パパは、まだだめだって言うの。あたしは小さいし、パパはいない日が多いからって。でも、来年はもしかしたら……」ある夜、ジェシカは寝る前のお祈りをしたあとでアンの首に腕を巻きつけ、眠そうな声で言った。「アン、大好きよ。ずっとずっといつまでもいてくれる？」

「わたしもジェシカが大好きよ」アンは涙ぐんでジェシカに頬ずりした。と、ジェシカは急に体を固くした。「どうしたの？」

「パパ！　パパ！」ジェシカはアンの手を振りほどき、ドアの前に立っている長身の男の腕に飛び込んで行った。

アンはそのままじっとジェシカのベッドに座っていた。長年避けてきた恐ろしい瞬間が訪れたのだ。今、デヴィッドは目の前にいる。てのひらが汗ばみ、心臓は狂ったように鳴り出した。

デヴィッドはまだ娘に気を取られている。アンは自分の身なりを思い浮かべた。服は地味なグレイ、髪はまげにゆっていてお化粧はしていない。よかった。これなら大丈夫だ。

「帰って来るなんて知らなかった、パパ！」ジェシカの上ずった声が響く。

「急に帰れることになったんだよ」青い目が鋭くアンをとらえ、すらりと伸びた脚や、きゃしゃな足首を見下ろした。「ジェシカ、誰だか教えておくれ」

「アンよ」

「マリアン・ウインタースです。初めまして」アンはクールに口をはさんだ。「マリアンでは呼びにくいのでアンにしましたの。ファーストネームで呼んでもらってもよろしいでしょうね？」

「もちろん。アンというのはいい名前だ」

一瞬重苦しい沈黙が流れた。アンは何か言おうとあせったが、幸いジェシカがしゃべり出した。「ねえ、パパ、アンはずっとうちにいていいんでしょ？あたし、アンと遊ぶの好き」

アンはジェシカがひどくふびんになり、デヴィッドと顔を合わせる恐怖感も忘れた。彼はベッドのそばまで来て上からじっと見下ろした。反射的にアンは立ち上がったが、かかとの低い靴をはいて並ぶと彼のあごくらいまでしかなかった。

デヴィッドの顔は無表情で目は氷のように冷たい。

「妙だな。きみを見ているとある人を思い出す」

「まあ、どなたを？」アンはあごを上げた。

「いや、とりたてて言うほどの女じゃない」

顔がほてる。だが、ジェシカが再び口を開いたので助かった。「今夜はもう少し起きてていいでしょ、パパ？」

デヴィッドは表情を和らげてジェシカを高々と抱き上げ、ジェシカははしゃいで叫び声をあげた。デヴィッドはむごい男かもしれないが、娘を愛していることだけは間違いない。アンは急に疎外感を感じた。「よろしければ部屋へ引きとらせていただきたいんですが」

「いいよ」デヴィッドはちらりと時計を見た。「一時間ほどしたら、書斎でカクテルでもどう？」

控えめな言い方だが命令と同じだ。「はあ、でも……」

「いいじゃないか。遅くまで引き止めたりはしないよ。美容に悪いといけないからね」彼はアンの似合わない服と髪型を侮辱的に一瞥《いちべつ》した。

「わかりました」アンはジェシカの頬に軽くキスをした。「また明日ね」

「おやすみなさい、アン」大人たちの気まずさを察したのか、ジェシカは心配顔で言い足した。「パパが帰ってうれしい？　アン」

「もちろんうれしいわ」アンはデヴィッドの目を避け、素早く廊下へ出た。

自室に戻ったアンは震える体を壁にもたせかけた。ベッドに突っ伏して大声で泣きたい。でも、これからデヴィッドに会う以上そんなことはしていられない。しかも今度はジェシカのいないところで顔を合わせるのだ。さっき彼が見せたからかうような態度……見破られてしまったのだろうか？　気が遠くなりそうなほど恐ろしい。優雅な部屋が急に鳥かごのように思える。衝動的にアンはコートと手袋をつかみ、廊下にデヴィッドとジェシカの姿が見えないのを確認して裏口から表へ出た。

夜の北風は猛烈に冷たい。雪がブーツの下でざくざくと音を立てる。寒くて論理的にものごとを考えるどころではない。手をポケットに入れ、風に背を向けて身を守るのが精いっぱいだ。

三十分ほどたって家の階段をかけ上がったとき、恐怖感はすっかり消えていた。やはり外へ出てよかった。デヴィッドに見破られたなどと思ったのは単なる想像に過ぎない。彼から見れば、取り澄ました子守マリアン・ウインタースでしかないのだ。

アンはおしろいをはたきながらマリアンに教わったことを心の中で繰り返した。何か質問されたらすらすらと答えなくてはいけない。眼鏡は色つきのほうをかけた。電灯の下だと灰色っぽく見えるので、変装効果は上々なのである。衿には地味な真珠のブローチをとめつけ、唇には目立たないピンクの口紅をぬった。準備完了。これならどう見ても新しい雇い主の前に出ようとしているクールなマリアン・ウインタースだ。

しかし、好調なのは出だしだけだった。デヴィッドはまだ来ておらず、アンは初めて入った書斎をながめ回した。周囲には明るい光沢のある羽目板がはめ込まれ、しゃれた版画が飾られている。西側の壁は石造りの暖炉が、反対側は本棚がほとんどのスペースを占め、豪華なステレオ、座り心地のよさそうな肘かけ椅子、ソファー、堅い感じの樫《かし》の机が置いてある。温かみとやすらぎを感じさせる部屋だ。昔のデヴィッドを思い出す。アンを夢中にさせ、激しく愛してくれたころのデヴィッドを……。

「何を深刻に考え込んでるんだ？」

アンはびくっとして振り返った。「あ……あの、見とれていたんです。すてきなお部屋なので」

「飲み物は何にする？」声の調子からするとアンの返事を信用していないらしい。

「シェリーを……ドライのほうをいただけます？」

これは最近の好みである。以前はフルーツを飾ったエキゾチックなカクテルが好きだった。

デヴィッドはそばへ来てじっとアンに目を注ぎ、脚のついたグラスを手渡した。二人の指が触れ合う……アンの心は言いようもなく乱れた。ほんの少しさわっただけなのに、長い眠りから覚めたように体がおののき、二人の愛のひとときが驚くほど鮮明によみがえる。なんということだろう！　あのころと同様、今もまったくデヴィッドをはねつけることができないのだ。彼が憎い。けれど、その憎しみと同じくらい激しく、彼を求める気持がわき上がってくる。アンは無理にさりげなくお礼を言い、デヴィッドから離れた。

デヴィッドは暖炉の前にうずくまり、マッチをすって火をおこし始めた。その間にアンは改めてゆっくりと彼をながめた。

四年の間にデヴィッドも変わった。口元は厳しくなり、青い目は心の中を見せまいとするかのように表情がない。幸せな人の顔じゃないわ、とアンは思った。しかし、立ち上がったときのデヴィッドを見ると、変わっていないところもたくさんあった。たとえば上背のある体、細い脚腰や広い肩、周囲に漂う男らしい雰囲気。その雰囲気は、ブロンドの髪や長くて形のよい指や高い知性と同じく、彼の一部なのである。再びアンは抑えようもなくデヴィッドに引きつけられていくのを感じた。

「ぼくの顔に何かついてるのかい？」

アンはぱっと赤くなって話をそらした。「ここには長く住んでいらっしゃるんですか？」

「まだ一年にならない。きみは……ああ、そうか。フレデリクトンにいたんだね？」

「ええ、あそこで生まれて、この二年はカレッジ通りの保育所で働いていました」

「なぜ辞めた？」

「気分転換です」

「我々には幸いだったよ」デヴィッドは淀《よど》みなく言った。「ジェシカはきみを好いている。きみもあの子をかわいがってくれると思うが？」

アンはちらりと目を上げた。デヴィッドは何かさぐりを入れているのだろうか？　それならこちらもその気で応答しよう。「ええ、ジェシカは気だてのいい、かわいい子ですもの。あんなふうに心が不安定なのはかわいそうですわ」

デヴィッドは目を細めた。「きみ自身の話を聞かせてくれないか？　ぼくは心理学者を雇ったつもりはないよ」

「心理学者ではなくたってジェシカの心が不安定なのはわかります。お父さまが留守がちで寂しいんです。わたしに対しても、そのうちいなくなるんじゃないかとびくびくしてますわ」アンは大胆にも正面からぶつかっていった。「きっと、お母さまがいらっしゃらないのが最大の原因でしょう」

「ウインタースさん、一つはっきりさせておこう。

ジェシカの母親のことはぼく個人の問題だ。きみには関係ない。いいね？」

「すみません」アンは口ごもりながら腰を下ろした。

「余計なことを申し上げて」

「わかればいい」デヴィッドは不愉快そうに言った。

「ぼくが留守にするのは仕事上やむを得ないんだ。それだからきみを頼んだんだよ。ぼくがいない間代わりをしてもらおうと思ってね。理屈をこねるよりも、とにかくあの子の相手をしてやってほしい」

「よくわかりました！」アンはわざときっぱり答えた。デヴィッドは何もたずねずにアンのグラスを取り上げてシェリーを注ぎ、自分用にハイボールを作った。アンの頭の中で警報ベルが鳴り出した。アルコールにはとても弱いのだ。

「きみはおもしろい人だね」デヴィッドはさらりと言った。「その格好が似合わないのは自分でも承知してるんだろ？　見たところヴィクトリア朝の娘だが、中では炎が燃えている。見かけと中身が正反対だ」

「ヴィクトリア朝の女性だって見たとおりではなかったと思います。当時は男性支配の社会だったので、つつましやかに見せるしかなかったんです」

「きみもそうなのかい？」

「どういう意味ですか？」変な話題に引き込まれたと思ったがもう逃げようもない。

「きみも男性に支配されてるのかということだ」

「まさか！　今は二十世紀ですよ。十九世紀ではありません！」

「それじゃ、そんな服を着てつつましやかに見せているのはなぜだ？」

「仕事の契約をしたときは、雇い主のお気に召す服を着ろなんて言われませんでしたわ」

意外にもデヴィッドは頭をのけぞらせて笑い出した。「やられた！」

笑っているときのデヴィッドは昔からすごくすてきだった。意に反していつの間にかアンも笑顔を浮かべていた。

「今の話だが、仕事熱心なウインタースさんは雇い主に逆らったりはしない主義なんだろうね？」

「ええ、雇い主が失礼なことをなさらなければ！」

「眼鏡を外しなさい」

アンは息をのんだ。いい調子になってやり合っていただけに戸惑ってしまった。だが懸命に平静を装って答えた。「困ります——眼鏡を取ったら全然見えないんですもの」

「そうかい？」またしても信じていない口のきき方だ。「いつでもかけてなくちゃいけないってのは、不便だね」

「眼鏡には慣れてますから大丈夫です」アンはシェリーを飲み込んだ。温かいものが喉を通り過ぎる。

「邪魔なときもあるんじゃないかな？」

「おっしゃる意味がわかりませんけど」変に張り詰めた空気を感じ、こめかみがずきずきしてきた。

「とぼけるのかい？　恋を知らないほど子供だとは言わせないよ」

一瞬本当のことを言ってしまおうかと思った。そのために四年前どれほどの絶望感を味わったか、彼のむごい仕打ちをどれほど憎んだかを。だが、ジェシカの顔が目の前に浮かんだ。せっかく大切な絆《きずな》ができかけたのに、今壊してしまいたくはない。そこでアンは冷ややかに言った。「あまり知っているとは言えません。メトカーフさんに比べれば、ずいぶん経験不足だと思います」

「経験を積むのは簡単だよ」

アンは怖くなってとっさに立ち上がった。「失礼します。疲れていますので」

「怖いのかい？」

なんと言われようとここから出なくては。「おやすみなさい」

「ゆっくりおやすみ。明日会おう」彼の口ぶりにははっきりと脅すような響きがあった。

アンは無我夢中で書斎を逃げ出し、寝室に入って震える手で服を脱いだ。頭痛はいよいよ本格的になってきた。髪をほどいてアスピリンを飲み、鏡をのぞくと、引きつった顔と大きな灰色の目が見返した。デヴィッドと対等に渡り合おうとするなんて、愚かだった。わたしが誰かわかったのだろうか？　それとも、彼は女とみれば言い寄るようになってしまったのだろうか？

その夜はいつまでも寝つけなかった。うとうとしてはデヴィッドに全部見抜かれている悪夢に悩まされ、明け方になってやっと疲れて眠り込んだ。

誰かがドアをノックしている。「はい。どうぞ」アンは目をあけて眠そうな声で答えた。

顔をのぞかせたのはディーダーだった。「お食事を持って来たわ」

「まあ、ありがとう。わたし寝過ごしたかしら？」

「十時過ぎよ。でも心配しなくて大丈夫。ジェシカはメトカーフさんがシャーロットタウンへ連れて行ったわ。睡眠は美容上大事だから寝かせておきなさいって言われたので、起こさなかったの」

「すみません」アンは顔を赤らめた。「何時ごろ帰っていらっしゃるの？」

「お昼過ぎでしょう。だから、ゆっくりしてらっしゃい」

美容上大事だから寝かせておきなさいですって！　デヴィッドはその言葉が伝わるのを予測してわざと言ったのだ。

二人はシャーロットタウンへ行った。わたしを置いてきぼりにして。それが当然だわ。わたしは単なる使用人ですもの。だが本当は違う。アンはむつまじい父娘《おやこ》にねたましさを感じ、泣きたくなった。また傷つくのではないか、と言ったマリアンとジョナサンの忠告が初めて身にしみた。

午後、書斎で本を読んでいるときに車の音がした。と、すぐにジェシカが飛び込んで来た。

「ねえ、アン！　パパがトボガンに乗せてくれるって！　一緒に行かない？」

アンはあとから入って来たデヴィッドにちらりと目を向けた。ダークブラウンの背広の上にらくだのコートをはおった彼は、見とれるほどハンサムだった。「そうねえ……」

「いいでしょ？　ね？」真紅のコートに白い毛皮の帽子をかぶって顔を輝かしているジェシカ。どうして断ることなどできよう。

「それじゃ、着替えて来るわ」

二階へ上がろうとしてデヴィッドのそばを通り過ぎたとき、彼は初めて口を開いた。「よく眠れたかい？」ジェシカに聞こえないくらいの低い声だった。

「残念ながらあまりよく眠れませんでした」

「やましいせいかな？」

とげのある言い方をされるのはもうたくさんだ。

「やましいのはわたしのほうじゃありません！」

デヴィッドは体を固くした。山猫みたいな危険な感じがする。「それは聞き捨てならないね」

「アン、早くう！」ジェシカが階段の途中から声をかけた。アンはこれ幸いとばかりその場をのがれた。

外は晴れて風もなく、気温は零度をわずかに下回る程度の美しい日だった。空は深い深いブルー――ちょうどデヴィッドの目のような――足元では純白に輝く雪がきしきしと音を立てる。

家の裏手の斜面は初めゆるやかだったが、途中からかなり急になった。「こんなところを下りるの？」アンは大げさに目を丸くした。

平らな場所に出ると、ジェシカはさっと一番前に乗り込んだ。「アンはあたしの後ろよ。ぎゅっとつかまって！」

アンに続いてデヴィッドが一番後ろに座り、アンのウエストに手をかけた。彼の腕に抱かれて守られたいと思う気持と、反対の気持とが心の中で戦った。トボガンはそろそろとすべり出し、やがてすごい勢いで丘を下り始めた。風が痛いほど頬を打つ。小さな隆起部が迫ったと思うと体が浮き上がり、続いてどすんと叩《たた》きつけられる。ジェシカはその度に喜んで大声をあげた。最後は垣根すれすれのところで止まり、三人とも息を切らし、顔を紅潮させて立ち上がった。これが家族というものなのだ。夫婦と子供とで過ごす楽しいひととき――笑い声が辺りに満ち、デヴィッドも伸び伸びして愉快そうだ。

五、六回繰り返してからデヴィッドは言った。

「これが最後だ。もう疲れたよ！」

青い空の下で彼の金髪がきらきらと輝いている。

今日のデヴィッドはなんて生き生きしてすてきなのだろう！　アンはふと彼も自分を見つめているのに気がついた。今のアンは取り澄ました〝ウインタースさん〟ではなく、派手なグリーンのスノースーツに身を包み、白と緑の帽子をかぶっているアンなのだ。その上、サングラスをかけていても隠し切れない明るい笑みをたたえていた。

「あと二回！　ね、パパ！」ジェシカがせがんだ。

「だめだ。これで終わり！」

ところが今度は途中でひっくり返り、三人とも雪の中へほうり出されてしまった。最初にジェシカが帽子も眉毛も雪まみれにして起き上がった。「パパ、アンがつぶれちゃうわ！」

アンとデヴィッドは折り重なって投げ出されていたのである。アンはあおむけになり、デヴィッドと顔をくっつけそうにして横たわっていた。「大丈夫かい？」耳元で彼の声がする。

アンは気がゆるんで笑い出した。「首が冷たあい！」

デヴィッドはいたずらっぽく目を光らして、雪を一つかみすくってアンの顔にかけた。

「そんなことするのは悪い子よ！」ジェシカが大声で笑いながら言った。

「誰が？　パパがかい？」デヴィッドは娘の方を振り向いた。

そのすきにアンはデヴィッドの体の下から腕を引き抜き、雪をつかんで彼の衿の中に押し込んだ。

「やったな！」デヴィッドは笑って起き上がり、アンを抱き上げた。「どこへ下ろそうか、ジェス？」

「あそこの雪の中！」

「いやよ！　下ろして！」アンはじたばたしてデヴィッドの胸を叩いたが、そのかいもなく吹きだまりの中に投げ込まれてしまった。

赤いスノースーツを着たジェシカが白い歯を見せて笑っている。そのかたわらには男らしいデヴィッドの姿が――胸が苦しくなるほど幸せな一瞬だった。

デヴィッドはアンを助け起こし、顔やジャケットについた雪を払った。「トボガンを持っておいで、ジェシカ」ジェシカが声の届かないところまで行くと、彼は小声で言った。「きみはいくらでも変身できるな」あっという間に彼の手がアンの帽子を取った。とたんに絹のようなつややかな髪が肩先に流れる。「きれいな髪だ。もう、つまらないまげにゆうのなんかよしなさい」

返事を思いつかないうちにジェシカが戻って来て、三人はそのまま家に向かった。

夜、ベッドに入ってアンは考えた。デヴィッドはわたしをマリアン・ウインタースだと信じている。似合わない格好をしていたためにかえって変に思われたのだ。これからは気持を楽にしてもう少しカラフルな服を着よう。見破られてはいないと安心したせいか、その夜はぐっすりと眠れた。

4

真夜中過ぎ、アンは何かの物音で目が覚めた。起き上がって耳を澄ましていると、鋭い叫び声がした。ジェシカの部屋だ。

急いでガウンをはおりながら隣の部屋へかけつけ、枕元《まくら》のスタンドをつけた。ジェシカは目をつぶったまま苦しそうに寝返りを打っていた。

「どうしたの？」アンはジェシカを抱き寄せた。ジェシカはぱっと目をあけ、アンの胸に顔を埋《うず》めて泣き出した。「蛇が追いかけて来たの」

「夢だったのよ。もう大丈夫」アンは前後に体を揺すってジェシカが泣きやむのを待った。ちょうどガウンのポケットにハンカチが入っていた。「さ、お鼻をかんで、寒くならないうちにおふとんに入りましょうね。お話してあげるわ」

「プーさんのお話して」ジェシカは目を輝かして、片手で熊の縫いぐるみを抱き、もう一方の手をアンに預けてふとんにくるまった。

「昔々、大きな森の中に……」間もなくジェシカが安らかな寝息を立て始めたので、アンはそっと手をほどき、しばらく娘の寝顔を見つめていた。もっとこうしていたいがそういうわけにもいかない。

ため息をついて立ち上がったアンは、スタンドを消し、暗さに目が慣れるまでじっとしていた。と、廊下に薄明かりがもれている。なんだろうと思って部屋から足を踏み出したとたん、男の腕に抱きとめられた。

「デヴィッド！ ああ、びっくりした！」デヴィッドという名がいともすらすらと口をつき、手はいつの間にか彼の胸を押しやっていた。

時の流れが止まったかのようだった。アンの腰はデヴィッドの手に押さえられ、頬には彼の息がかかる。四年以上にわたる苦しみや空《むな》しい日々はたちまち消え失せ、今アンの心は彼の固い体に抱かれて燃えた娘時代に返っていた。

最初に口をきいたのはデヴィッドだった。「驚かしてごめん。ぼくがいるの、見えなかった？」

「ええ、全然……」

「そうだろうな。眼鏡をかけてないんだから」

アンは必死で言いのがれをした。「ジェシカの声を聞いてあわてて飛んで来たので……」

「眼鏡をかけないほうがきれいだ」抑揚のないデヴィッドの声がかえって不気味だ。

彼は無遠慮にアンの細い体を見回した。ベロアのガウンが浮き上がらせる体の線、深くくれた胸元からのぞくネグリジェのレースと、その下で陰になっている胸の谷間。ふっくらした唇、くすんだグレイの目、曲線を描く眉。

「ますますきみに興味を感じるな。これほどの魅力を隠しているとは知らなかった」

「まあ、十八世紀の女たらしみたいな台詞《せりふ》はやめてください！」

「言葉で口説かれるよりずばり行動に出られるほうがいいのかい？」デヴィッドは素早くアンの肩をつかまえ、身を引きかけたアンにしっかりと唇を重ねた。アンは応《こた》えてはならないと意志の力を振り絞り、彼の腕の中で体を固くしていた。

やがてデヴィッドは荒々しくアンの体を押しのけ、むっとしてにらみつけた。

「ぼくをだませたと思ったらとんでもない間違いだぞ。きみは堅物の生娘じゃない！」

アンは唯一の武器を持ち出した。「わたしを辞めさせたいんですか、メトカーフさん？」

「さっきはデヴィッドと呼んだはずだが……答えは

ノーだ。ジェシカはきみになついてる。ぼくはただ変なカムフラージュをするなと言いたかっただけだよ」

「でも、そのほうが安全ですもの」

「ぼくが言い寄ると思ってるのかい？　うぬぼれちゃいけない」

「わたしをだましたんですか？　それとも、誰にでもあんなキスをなさるんですか？」

デヴィッドはするりとアンの体に腕を回した。

「こういうキスをするときもある」彼はアンの髪をかき上げて手を頬から口元にすべらせ、そっと唇を近づけた。唇を開いて応えたくなるようなやさしいキス。それが次第に激しさを増していく。

氷が陽光を浴びて溶けるのと同様、アンは抵抗心をなくしてデヴィッドに寄りかかった。手はひとりでに彼の引き締まった背を動き回り、唇は開き、体はぴったり彼に寄り添っていた。長い間味わえなかった喜び……あまりにも長い間……。

デヴィッドは不意にアンの体を引き離し、壁に押しつけた。「あきれたものだ！　ほかの女と変わらないじゃないか」

アンはたまらなくなって胸の中にたまっていた言葉を投げつけた。「あなたなんて大嫌い」言ってしまうとすっとした。「大嫌いよ！」

「しっ！　ジェシカが起きる」

そうだ。ジェシカの部屋の前にいるのを忘れてはいけない。アンは声を落とした。「今度こんなことをされたら出て行きます」

「そういうのを脅しって言うんだ」

平手打ちを食わせたくて手がむずむずする。それを察したのか、デヴィッドは冷たい目をして言った。

「つまらないことをするんじゃない。今夜のお楽しみは終わりにしよう。おやすみ、ウインタースさん。それとも、マリアンて呼ぼうか？」彼はくるりときびすを返すと、自分の部屋に入ってドアを閉めた。アンは暗闇《くらやみ》に取り残され、手さぐりで自分の部屋に戻った。ガウンを脱いで横になったが、足は冷たく、膝はがくがくしていた。

翌朝、服を着終わって髪をとかしているときにジェシカがドアをノックした。「アン、起きた？」

「起きてるわよ。入っていらっしゃい」

「パパ、また出かけるんですって」パジャマを着たままのジェシカは口をとがらした。

ジェシカにはかわいそうだが、アン自身は心が軽くなった。「いつまで？」

「知らない。出かける前にアンに会いたいって」

「そう」一瞬アンは手を止めた。それから再び髪をブラッシングし、とき放ったままにしてツイードのスカートを整えた。「さ、パパのところへ行って、お食事が済んだら、この間約束したぬり絵を買いに行きましょうね」


「わあ、うれしい。新しいクレヨンも、ね？」

二人が手をつないで階下へ下りたとき、デヴィッドが書斎から出て来た。「おはよう、ウインタースさん」かしこまった言い方だ。「二日ばかりフレデリクトンへ行って来る。誰か連絡したい人はないかい？　向こうで電話してあげるよ」

「はあ、別にありません」急に声が詰まった。

「いつ帰って来るの、パパ？」

デヴィッドは膝をついてジェシカを抱き寄せた。二人の金髪がいかにも仲よさそうにくっつき合う。

「土曜の午後までに帰る。いい子にしてるんだよ」

テレンス・オコナーが玄関のドアをあけた。「車を出しましたから、いつでもどうぞ」

デヴィッドはジェシカにキスをし、アンに冷たくうなずいて出て行った。ジェシカは窓際に走り寄って手を振った。これで一日二日は心安らかに暮らせる。それにしても、彼はなぜフレデリクトンへ行ったのだろう？　まさかマリアン・ウインタースのことを調べに行ったのでは……アンは顔をしかめた。

「パパが行っちゃってつまらない？」ジェシカがかたわらできいた。

「いいえ、ちょっとほかのことを考えていたの。お食事にしましょう」

　あくる日、裏庭でジェシカと雪だるまを作っているときディーダーが呼んだ。「マリアン、電話よ」

　相手はジョナサンだった。「まあ、ジョナサン、うれしいわ！　元気？」

「元気だよ。土曜日の夜、シャーロットタウンで食事でもしないか？」

　アンはちらりと考えた。デヴィッドは午後には帰ると言っていた。「大丈夫だと思うわ。時間は？」

「五時ごろ迎えに行く。ぼくの泊まるホテルで食事して、それから画廊のレセプションへ行こう。正装で、ということになってるんだが、イブニングドレスはあるかい？」

　幸い持っている。「あるわ。ホテルで着替えさせてくれる？」およそ〝ウインタースさん〟らしくないドレスなので、ここから着て出る気はしない。

「いいよ。あ、ほかから電話が入っちゃったから……それじゃ、土曜日にね」

「待ってるわ。さよなら」

　土曜日の午後、興味津々の目つきをしているジェシカの前で、アンはロングドレスと金のサンダル、イブニングバッグをスーツケースにしまった。「おしゃれしたとこ、見たい」ジェシカが言った。

「そのうち、パパがお留守のときに二人で一番いい服を着てお食事しましょうよ。お客さま用の食堂にお食事を運んでもらって、ろうそくをつけて」

　ジェシカはきらきらと目を輝かした。愛くるしい目！　アンは日に日に娘をいとしく思うようになっていた。先のことなどどうでもいい。今この幸せをかみしめていられれば充分だ。

お化粧道具と黒いイブニングコートをスーツケースに入れて準備は終わった。時間は四時半。デヴィッドが早く帰ってくれるといいのだが。帰らなかったらディーダーにジェシカを頼んで行こう。

「出て行くんじゃないだろうね、アン？」

アンはびっくりして目を上げた。まるで心の中で帰って来てほしいと言ったのが通じたみたいだ。

「お帰りなさい。いいタイミングでしたわ」

つと楽しげな表情がデヴィッドの顔をよぎったが、またたく間に消えてしまった。錯覚だったのだろうか？　彼はスーツケースに目を向けたままジェシカを抱き上げた。「返事は？」

「は？　ああ、外でお食事するだけです」

「誰と？」鋭い声が飛んだ。

「ハリファックスにいる知り合いです。仕事でシャーロットタウンに来てますの」

「スーツケースはなんのためだ？」

「彼の泊まるホテルで着替えようと思って……」デヴィッドの軽蔑《けいべつ》的な顔つきにアンは赤くなった。

「わたしは別に……」

「この次からは約束する前にぼくの了解をとってくれ。たまたま今夜はぼくも外で用事があったんだ」

「でも、メトカーフさんがお留守のときに誘われたんですもの」アンはぷんとして答えた。「第一、最初のお話ではお休みもいただけるということでした。そろそろ一晩くらい休ませてくださってもいいと思いますが」

「怒らないで、アン」ジェシカがデヴィッドの腕の中で二人をかわるがわる見て鼻を鳴らした。

アンは自分の態度がひどく恥ずかしくなった。ジェシカをうろたえさせるなんてとんでもないことだ。

「ごめんなさい。怒ったりして悪かったわ」

そのときドアのチャイムが鳴り、ディーダーの声がした。「ウインタースさん、お友達よ」
ジェシカはべそをかいた。「アン、帰って来る？
よそへ行っちゃわない？」
答えようとしたとたんにデヴィッドが口を出した。
「もちろん帰って来るさ。いいことがある。階下へ
行ってマリアンの友達に会おう。それで何時に帰っ
て来る、ってきけばいいだろ？」
いやだとも言えず、アンはにっこりした。「それ
がいいわ。ジョナサンもあなたとパパに会えれば喜
ぶわよ」本当に喜んでくれればいいけれど……。
三人は一緒に階段を下りた。待っていたジョナサ
ンの目には家族のように見えたことだろう。
アンは一足先に出て行ってスーツケースを下ろし、
両手をジョナサンに差し出した。急に言いようもな
くほっとした。穏やかでやさしいジョナサン。デヴ
ィッドと違い、付き合いやすくて安全なジョナサン。
ジョナサンはアンの唇に軽くキスをした。「元気
そうだね。島の空気が合うらしいな」
アンは笑顔を返した。「あなたも元気そう。それ
に、すてきよ」黒いタキシードと糊《のり》のきいた白いシ
ャツを着たジョナサンは、見違えるほど立派だった。
「メトカーフさんとお嬢さんのジェシカを紹介する
わ。メトカーフさん、こちら、ジョナサン・マクス
ウェルです」
男二人は握手を交わした。お互いに値踏みするよ
うな様子をちらりと見せて。
「お仕事でいらしたそうですね」デヴィッドがクー
ルに言った。
「仕事と遊びと半々ですよ」ジョナサンはアンを見
て笑顔を浮かべた。「今夜は都市センターに行くん
です。展覧会のオープニングパーティーに。ハリフ
ァックスで画廊をやってるものですから、こういう
パーティーに出ることが多いんですよ」
「そうですか」デヴィッドの目が一瞬きらりとした。

「ところで、ジェシカがちょっとうかがいたいことがあるそうで……」父親に抱かれたジェシカははにかんでもじもじしていた。そこで、デヴィッドが助け船を出した。「この子は、あなたがマリアンを帰してくれないんじゃないかと心配してるんですよ」

ジョナサンは裏にある意味をくんでむっとしたようだが、穏やかに答えた。「ご心配なく。十二時までにはマリアンを送り届けますから」彼はアンを見て表情を和らげた。「そろそろ行こう」

アンはジェシカを振り返った。「明日ね」

ジェシカは安心したらしく、アンのキスを受けようと手を差し伸べた。デヴィッドの腕の中にいるジェシカにキスをするのは気が進まなかったが、彼は一向に娘を下ろしそうもない。仕方なくアンはそばへ寄ってジェシカの頰にキスをした。その瞬間青い目がぐっと近づき、体と体が触れ合った。

外へ出たときは救われた思いがして、アンは深呼吸するとジョナサンに腕をからませた。ジョナサンはうれしそうにアンを見下ろした。「会いたかったよ」

アンは彼の肩に頰をすり寄せた。家の中から見られているかもしれないのに。ジョナサンはトランクにアンのスーツケースを入れ、車のドアをあけてもう一度キスをした。珍しく熱っぽいキスだった。アンも久しぶりに会ったうれしさから、彼の首に腕を巻きつけてキスを返した。

車を出してからジョナサンは渋い顔をして言った。「改めてきくこともなさそうだな。 ジェシカはきみにそっくりだ。デヴィッドはどうなんだ? きみのこと、わからなかったかい?」

「わかってないと思うけど」

「自信なさそうに言うじゃないか」

「わたしを見て誰かに似てるって言ったわ。それと、なぜか知らないけどフレデリクトンへ行ったの」

「彼はクールな男だ。ぼくは苦手だな」

「ちょっと横柄なところがあるからでしょ？」

「今後どうするんだい？」

アンは戸惑った。「どういう意味？」

「いいかい。五分と一緒にいなくたって、きみとジェシカの心が通じ合ってるのはよくわかる。それに対してきみはどうしようってつもりなんだ？」

「別に……今のところはジェシカのそばにいるだけでいいの。とてもいい子なんですもの、うれしくって。正直言って、デヴィッドの育て方がよかったんだと思うわ。ただ、父親だけでは不足の部分もあるけど」

「つまり、デヴィッドとよりを戻す気なのかい？」

「まさか！　わたしが誰かわかったところで、そんなことはできないわ。もう愛してないんですもの。わたしたちの結婚は四年前に終わったのよ」

「それじゃ、先々どうなるんだ？」ジョナサンは沈んだ声で言った。「ジェシカはきみになついている。きみはこれから十五年かそのくらい、デヴィッドの家で子守をするとでも言うのかい？」

「どうして今そんな話をしなくちゃならないの？」

「ばかな真似《まね》はいい加減にすべきだからだよ」ジョナサンは考えをまとめるかのように、言葉を切って再び話し始めた。「道は三つある。全部打ち明けて妻の座に戻るか、どう見てもジェシカと母娘《おやこ》なのにそれを隠して使用人で通すか、今のうちに出て来るかだ。ジェシカには悲しい思いをさせることになるが、今出て来るならまだ遅くない」

「わたしはどうなるの？」アンは低くつぶやいた。

「きみはもう抜き差しならないところにはまり込んでる。言いたくはないが、ぼくは忠告したはずだよ。また傷つくかもしれない、ってね」ジョナサンは心配そうに眉をひそめた。真剣にアンの幸せを考えてくれているのだ。「ぼくは、きみが不幸になるのを黙って見てはいられない。もちろん、ほかにも道はある。きみが子供を引きとることだ。デヴィッドがきみにジェシカの養育を任せると言えばだが……」

「まずその可能性はないわ。そもそもジェシカは生まれてからずっとデヴィッドと暮らしてきたんですもの。今さら引き離しちゃかわいそうよ」

「結局これという解決法はないんだ。ぼくは、やっぱりきみがあの家を出るのが一番いいと思うよ。きみの子供は死んでいなかった、幸せに育ってる。それがわかれば充分じゃないか」

「そんなのいやよ！　多分それがみんなのために一番いいことでしょうけど、わたしはいや……」アンは涙を抑え切れず目をこすった。

ジョナサンは道端に車を寄せ、アンの気持が落ち着くのを待ってそっと手を握った。「もうこの話はやめよう。だけど、出て来る決心がついたらぼくのところへ来てくれ。わかってるね、アン？」

「ええ……ありがとう」

ジョナサンは車を出し、西海岸で出会った若い画家の話などを聞かせた。二人は徐々にいつもの気さくな間柄に返り、ホテルではくつろいで楽しく食事をした。それからジョナサンの部屋へ行き、アンはバスルームを借りて支度を始めた。

地味作りの〝ウインタースさん〟だって決していやなわけではないが、華やかに装うのはやはりうれしい。まず髪を上に高くまとめ上げ、耳の回りやうなじに巻き毛を何本かたらし、濃いグリーンのアイシャドウ、長いまつげをいっそう長く見せるマスカラ、アプリコット色の口紅、ジョナサンに贈られたひすいのイヤリングとネックレスをつける。ドレスはひすい色の絹。ハイウエストで袖はゆったりと長く、深くくれたネックラインから雪のように白い肌がのぞき、女らしい体の線がそれとなく感じられる。

出て行くと、ジョナサンは座ったままじっとアンを見つめた。「まぶしいほどだ！　ぼくにはもったいない。きみにはデヴィッドくらいの人が似つかわしいよ。ぼくみたいな平凡な男じゃなくて」

ジョナサンがこんなふうに自分を卑下するとは意外だった。だが、想像もつかなかったほどうれしい言葉だ。「そんなこと言わないで、ジョナサン。わたし、あなたのためにおしゃれしたのよ。デヴィッドのためじゃなくて」

彼は気を取り直してにっこりした。「よし。パーティーに行ってみんなをあっと言わせてやろう！」

展覧会にはすでに招待客が詰めかけ、グラスを合わせる音や話し声でざわざわしていた。ジョナサンは飲み物を持って来て次々と知人を紹介し始めた。人と交わるのも楽しいが絵も見たい。ちょうどジョナサンが二人の男と仕事の話を始めたので、アンは一人抜け出し壁際に足を運んだ。

三番目にとてもすてきな絵があった。比較的小さな油絵で、スノースーツを着た子供が三人スケートをしている絵である。灰色がかった冬景色の中で、子供たちの明るい服が宝石のように輝いて見える。

「いい絵だね」

アンはぼんやりとうなずいた。聞き覚えのある太い声……はっとして振り返ると、思ったとおりデヴィッドが立っていた。

二人はしばし無言で見つめ合った。一分のすきもない洗練されたタキシード姿でいる今も、デヴィッドは野生動物にも似て音もなく動き回る。アンはひそかに心の中でつぶやいた——彼ほどハンサムな人には会ったことがない。この男らしい魅力に引かれないとしたら、どうかしているんだわ。

一方、デヴィッドの目に映ったアンは真っ白な肌にエメラルド色の目と濃い茶色の髪が映え、シンプルなドレスに女らしさが強調されて、たまらなく男心をそそる美しさを見せていた。

彼は真面目な口調で言った。「ぼくが来るとわかっていた？」

「ええ」確かに、半ば無意識にわかっていた。今夜の行き先を聞いて彼が目をきらりとさせたときに、ふとそんな気がしたのだ。装いをこらしたのも、ジョナサンのためではなくデヴィッドに見せたかったのかもしれない。

「二週間前に招待状が来たんだが、きみが行くと知るまでは出席しないつもりだった……」

どういう意味？　なぜ来たの？　息が詰まりそうにどきどきしているアンに、デヴィッドは黙って腕を差し出した。アンは何も言わず彼の腕に手をかけ、二人は絵を見ながら歩き出した。

絵を見ているうちに、アンは次第に気持が楽になった。デヴィッドが来た理由は依然としてわからないが、しょせんはどうでもいいことではないか。知識が広く機知に富んだデヴィッドと話をするのはとても楽しい。アンも一度ならず気の利いた言葉を返してデヴィッドを笑わせた。

ジョナサンが近づいて来た。ジョナサン！　そうだ、彼のことを忘れていた。「やあ、どうも、メトカーフさん。アン、友達がホテルのバーでカクテルでも飲もうって言ってるんだ。いいかい？」

彼は〝アン〟と呼んだ。だが、アン自身それに気づかなかった。一緒に行きたくはないが、断るわけにはいかない。「え……ええ、いいわ」

「ご一緒にいかがです、メトカーフさん？」ジョナサンはきわめて礼儀正しかったが、お義理で誘っているのはよくわかった。

「いや、せっかくですが、もう帰らなくてはならないので。よかったら一緒に帰らないか、マリアン？　マクスウェルさんもきみを送らなくて済む」

デヴィッドと帰りたい。なんということだろう！　そんなことを考えてはいけないのに。アンは無理にきっぱりと言った。「いいえ、いいんです。ジョナサンに送ってもらいます」

「じゃ、お先に」デヴィッドは軽くえしゃくをして去って行った。我知らずその後ろ姿を目で追っていると、何人もの女性が彼を振り返った。

ジョナサンには心の中を読まれてしまっただろうが、アンは明るく言った。「行きましょうか？」

バーは混んでいて騒々しく、たばこの煙が立ち込めていた。さまざまな色のライトが狭いフロアを照らし、ディスコが流れてくる。どうも周囲の空気にとけ込めそうもない。さっきデヴィッドに対して感じた親近感はなんなのだろう？　新婚当時そのままにぴったり気持が合っていたような気がする。ジョナサンに悪いことをしてしまった。わたしを愛し、結婚しようと言ってくれているのに。彼はきっとわたしの心がだんだん離れてゆくのを感じているに違いない。娘への愛に足を引っ張られ……その上今デヴィッドにまで引きつけられているのだから。ジョナサンが車の中で言った第一の解決方法を思い出す。

〝全部打ち明けて妻の座に戻るか……〟そうできるならどれほどいいかしれない。ジェシカのためにはそれが最善の方法なのだ。

カクテルを差し出されてアンは我に返り、ぐっと飲みほして二杯目を受け取った。次々に違う人とダンスをしたが、誰の名前も五分後にはもう覚えていなかった。熱に浮かされたような陽気なおしゃべり、三杯目のカクテル、騒音、明滅するライト、知らない人の顔、顔、顔……ジョナサンはどこにいるのだろう？　悪夢を見ているみたいだ。うちに帰りたい。ストーナウェイのデヴィッドの家に……アンは見さかいもなく再びグラスをあけた。

誰かの手がグラスを取り上げた。ジョナサンだ。

「もうやめなさい。ほうっておいてすまなかった。仕事のことで、とても大事な話があったものでね。

さあ、帰ろう。一時半になるよ」

アンは立ち上がってジョナサンの腕につかまった。それからのことは何も覚えていない。ただ、急に動きが止まったので目が覚めた。「ここどこ？」

「ストーナウェイだ」

「もう着いたの？」アンはまばたきしてジョナサンを見つめた。「ジョナサン、ごめんなさい……」

「いいんだ。謝ることはない。とにかく、自分で納得のいくようにやってみなさい。用があったらいつでも電話くれればいいからね」

「あなたみたいないい人、わたしにはもったいないわ」

「何を言ってるんだ。家の中まで一緒に行こうか？一人で大丈夫かい？」

「大丈夫よ」ふらふらしながらジョナサンにキスをし、アンは車から降りた。間もなく、テールライトの赤い光は庭内路の彼方へ消えて行った。

5

夜風は容赦なく吹きつけ、ベルベットのような空で星が揺れ動いている。アンはおぼつかない足を踏みしめてドアにたどり着いた。と、ドアは中からあき、のめって転びそうになった。だが、男の手が支えてくれた。もちろんデヴィッドである。彼はアンの手からスーツケースを取り、床に置いてドアを閉めた。

上着こそ着ていないが、デヴィッドはまだ黒い細身のスラックスと礼装用のワイシャツを着たままで、衿元のボタンを外し、袖を肘までまくり上げていた。ひどく怒っているのは間違いない。

「酔ってるんだな」冷たい声が飛んだ。

「酔ってなんかいません！」

「誰かとベッドに入るときはいつも飲むのか？」

アンはドアにもたれかかり、空中を漂っているような体を支えた。「わたし、酔っ払ってもいませんし、誰かとベッドへ入ったりもしていませんわ」

「きみは十時半に会場を出てホテルへ行った。今、二時半だぞ。その間何をしてたんだ？」

「飲んでおりました」

「ジェシカに十二時までに帰ると約束したのは誰だったかね？」

なんていやみな言い方だろう！　アンは吐き気を感じたが懸命にこらえた。

「こっちへおいで」

デヴィッドの青い目に魅せられたかのように、アンは体を起こして近寄って行った。彼はじっとアンを見下ろしている。イブニングコートが肩からすべり落ち、白い肌が黒い布地の下でまぶしく輝く。目は蒼白《そうはく》な頬の上で灰色がかったグリーンに光っている。デヴィッドはアンの首筋から胸のふくらみに手をすべらした。「ぼくがベッドへ連れて行ったら、酔いがさめるだろうな。きみは喜んで……そうさ、きみはそうしたいと思ってるんだ」

アンは怖くなって離れようとしたが、手足が言うことをきかなかった。デヴィッドの唇がおおいかぶさり、無理やり応《こた》えさせようとする。必死で彼の胸を叩《たた》いたが、髪の毛をつかまれ、わなにかかった動物さながらに動きがとれない。

目の前が暗くなり、ぱっと光が見えたかと思うとくるくる回り出した。どんどん早くなっていく……アンは小さくうめき声を立て、デヴィッドの腕の中に崩れ込んだ。

頬に誰かの体の温かみが伝わってくる。だが、体はとても寒い。目をあけて黒い霧の彼方に目をこらす——デヴィッドに抱き上げられている。どこかに運ばれているのだ。体を動かすと彼の穏やかな声が聞こえた。「きみは気を失ったんだ。静かにしていなさい」

頬に彼のシャツが触れ、規則正しい心臓の鼓動が伝わってくる。とても安心な気持……ドアがあき、ベッドに下ろされるのがわかった。起き上がろうとしたが、めまいがして体を起こせない。素直になるほうがよさそうだ。「おっしゃるとおり飲み過ぎましたわ。本当は帰りたかったんです」

「ぼくと一緒に？」

「ええ」

彼の手が金色のサンダルのひもをほどいている。

「起き上がって」

「だめ、起きられない……」

デヴィッドはくすりと笑ってアンの肩に腕を回し体を起こした。アンは彼の肩に頭を預けてもたれかかった。清潔で甘い肌の匂《にお》いがする。しかも、とても男らしい匂い。コートのボタンが外れ、ジッパーを下げる音がする。アンは体をこわばらせた。「そんなことなさらないで」

「イブニングドレスのまま寝かせるわけにはいかないよ。ジェシカが明日の朝――いやもう今朝だ――起こしに来たらどうなる？　それに、二日酔いに悩まされるぞ」

デヴィッドの手が背中や腕に触れ、ドレスを脱がせていく。炎に触れているようで、体が喜びにおののく。

「ちょっと立って」デヴィッドは淡々として言った。

何も考えずに立ち上がったとたん、ドレスは床に落ち、アンはストラップレスのブラジャーとレースのショーツをつけただけの姿をさらしていた。デヴィッドは胸のふくらみからウエストや腰の線に目を移した。だが、アンの肩に手を置いてベッドに座らせたときの彼は、さめて兄のような感じだった。

彼はドレスを洋服だんすのハンガーにかけた。

「ネグリジェはどこ？」

「枕の下――でも、自分で着られます」

「きみがベッドに入るまでは出て行かないよ」

「それなら向こうを向いててください」デヴィッドが背を向けている間に、アンは淡いグリーンのネグリジェを頭からかぶった。

デヴィッドは振り向いて何年もそうしてきたかのようにアンの髪をほどき始めた。髪は柔らかなウェーヴを見せて顔の周りに躍った。「さあ、これでいい。ベッドにお入り」

子供をあやしているみたい、と思ったが、さっき体を見回していたときの彼の目つきを思い出すと震えそうになり、アンは毛布の下にもぐった。「デヴィッド……」

廊下からほのかに差し込む明かりが、毛布をかけてくれるデヴィッドの目の回りに影を作り、形のよい唇をくっきり浮き上がらせている。アンは我を忘れて彼の首に腕を回し、抱き寄せてキスをした。デヴィッドの重みを受け止めながら、何年も胸にたまっていた熱い思いを訴えるように甘く官能的に。

どのくらいの時間がたったのだろう？　おそらく、何秒間か、あるいは何分間かに過ぎない。けれど、短い間とはいえ二人はお互いに求め合った。アンは、デヴィッドが腕の中から抜け出したとき氷水を浴びせられる思いがした。

「やめよう、マリアン。どうしたんだ？　ジョナサンに充分抱いてもらえなかったのかい？」

なんてことを言うのだろう！　アンは口もきけず、ぐったりと手を下ろした。

「ぼくはこんなときに引っかかるほど子供じゃないよ」

「でも、ちょっとくらいはわたしが欲しいと思ったでしょう？」

「それは人間だから仕方がない」デヴィッドはアンの体に目を走らした。「だが、代役はごめんだ」

「出て行って!」憤りと苦痛に襲われてアンは叫んだ。「出て行って……もう、ここへは来ないで!」

デヴィッドの顔は陰になっていて見えなかったが、声はぞっとするほど冷たかった。「昼前に書斎で待ってるよ。話がある。ジェシカにきかれたら、十二時前に帰ったと言っておきなさい」彼は部屋を出てドアを閉めた。暗闇《くらやみ》の中に一人残されたアンの頬を、涙が伝って落ちた。

それからわずかの間眠ったと思うと、もうジェシカが飛び込んで来てベッドの上にかけ上がっている。

「起きて! 朝よ。お寝坊ね!」

アンはうつ伏せになり、枕に顔を埋《うず》めた。「何時? ねえ、ジェス、いい子だからそんなに跳ねないで。頭が痛いの」

「ディーディーが今お食事を持って来るわ。お食事したらよくなるわよ」

そうは思えない。食べ物のことなど考えたくないくらいなのだ。アンは寝返りを打って弱々しくジェシカにほほ笑みかけた。「ちゃんと服を着られたのね」ジェシカは最近一人で服を着るようになったのである。

ディーダーがお盆を持って入って来た。「さあ、どうぞ。メトカーフさんが午前中ずっと書斎にいると伝えてくれっておっしゃってたわ」

それを聞いてますます食欲がなくなり、アンはお盆にのっているものを恨めしげにながめた。

「オレンジ食べていい?」ジェシカがたずねた。

「いいわよ。トーストも食べてくれる?」アンはブラックコーヒーを飲みながら薄切りのトーストをつまみ、食事は二人がかりでなんとか平らげた。

ジェシカを部屋から出し、アンは熱いシャワーを浴びてローズ色のツイードのスカートと同色のセーターを身に着けた。もう地味なグレイやベージュの服を着てもごまかすことはできない。酔っていたのに、昨夜のことはいやにはっきり覚えている。どうしてデヴィッドをベッドへ誘ったりしたのだろう？　恥ずかしさに頬が熱くなる。しかも彼は拒絶したのだ。なんて恥辱的なこと！　自己嫌悪に陥って鏡を見ると、目の下にくまができた不健康な顔が映っていた。ひどい顔。これでデヴィッドに会いに行くなんてぞっとする。

ところで、なんの用だろう？　想像できることはたくさんあるが、どれ一つとしてうれしい話ではない。マリアン・ウインタースのことを調べてきたのだとすれば、もうのがれようもないだろう。あるいはジェシカがよその人間になつき過ぎて心配になり出したのか――昨夜のわたしを見て娘を預けるのにふさわしくない女だと思ったのかもしれない。辞めさせられたらどうしよう。いや！　ジェシカから引き離されるなんて耐えられない。あの子のそばにいられるのなら、どんなことでも我慢する！

不安で胸がいっぱいになり、てのひらが汗ばむ。口紅もきれいにぬれず、気に入っているコンパクトまで落として割ってしまった。だが、やはり行かなくてはならない。アンは背筋を伸ばし、階下へ下りて書斎のドアをノックした。返事を聞いて中に入ると、デヴィッドは書類を広げて机に向かっていた。

「ドアを閉めて座ってくれ。もうじき終わるから」

彼はさりげなく言って再び書類に目を落とした。

アンは暖炉の前に腰を下ろし、ぱちぱちはじける火に手をかざした。デヴィッドの口ぶりは、使用人を辞めさせようとしている人の感じではない。けれど、痛くもかゆくもないから平然としているのだということもあり得る。

「シェリーを注ごうか？」

「まあ、からかわないでください」

「その割には元気そうじゃないか」デヴィッドはふざけた目つきをして暖炉に寄りかかった。クリーム色の絹のシャツと、ぴったり体についたベージュ色のスエードのスラックスがよく似合い、見ていると心をかき乱される。

「わたしを辞めさせたいなら早くそうおっしゃってください」

「そんなことを言うためにわざわざ呼んだんじゃない。第一、なぜ辞めさせるんだ？　本当のウインタースさんはやはり隠れていたんだな、と改めて思っただけだよ」

生真面目なウインタースさんとして一言言いたかったが、アンは我慢して黙っていた。

「その一つは、眼鏡をかけずに絵を見ていたことだ。よく見えているようだったね」

アンはわざと色っぽくまばたきして言った。「コンタクトレンズをご存知ありませんの、メトカーフさん？」

「昨夜からデヴィッドって呼ぶことにしたんじゃないのかい？」

アンは真っ赤になって目を伏せた。

「いずれにせよ、昨夜みたいなことは繰り返したくない」デヴィッドは淀《よど》みなく言葉を継いだ。「来週か再来週休みをあげるから、三、四日どこかへ行って来なさい。ハリファックスへでも。ジェシカがあまりきみに頼り過ぎるのは考えものだからね」

ハリファックスへ行けだなんて！　むらむらと腹が立ったが、アンは無表情に言った。「ほかに何か？」

机の上の電話が鳴った。「ちょっと失礼」デヴィッドは受話器を取り上げた。「もしもし。ああ、ソニアか」彼の声が急に温かみを帯びた。「いつ来るのかと思ってたんだよ……。モントリオールからの飛行機かい？　よし、四十五分でそこへ行く。二、三日いられるんだろ？　じゃ、待っててくれ」デヴィッドはアンを振り返って言った。「ソニア・ソレンソンっていって、ぼくの友達なんだ。近々来るって手紙をもらっていたんだが、今空港に着いたそうだ。迎えに行って来るから、ディーダーに客室の準備を頼んでくれ。ぼくの向かいの部屋だ」

「わかりました。お話は終わりですか？」

デヴィッドはスエードの上着をはおり、車のキーを確かめた。アンのことなどもう眼中にない様子だった。「ああ、あれで全部だ。ディーダーに言うのを忘れないでくれよ」

「わかってます」召し使い扱いされて不愉快だが怒ってもしようがない。デヴィッドは書斎を出て行き、間もなくベンツの走り去る音が聞こえた。

アンはすっかり拍子抜けしてしまった。あれほど深刻に考える必要はなかったのだ。ハリファックスへでも行って来なさいですって。デヴィッドは何を考えているのだろう？　でも、とにかく一安心だ。

ディーダーは台所でジェシカにサンドイッチを作っていた。

「ディーダー、客室の支度をしてくださいって。メトカーフさんの向かいのお部屋」向かいの部屋だからといって、なぜ心がうずくのだろう？

「まあ、誰が来るのかしら？」

「ソニア・ソレンソンていう人」

「へえ、そう？　わかったわ。すぐに支度しましょ。何日いるのか聞いた？」

「さあ、知らないわ」いやなことだが好奇心が頭をもたげる。「その人、前にも来たことあるの？」

「ええ、あるわ」

「あたし、あの人いや」ジェシカがぴしりと言った。

「ジェシカ！　そんなこと言っちゃいけないわ」アンはびっくりしてたしなめた。

「だって本当なんですもの」

そう言われてしまうとなんとも言いようがない。

「パパはそのお客さまをお迎えに行ったわ。好きじゃなくても、いらしたらお行儀よくしてね」

「パパ、すぐ帰って来る？　お昼が済んだらスキーに連れて行ってくれるって言ったのよ」

昼食時間が過ぎてもデヴィッドは戻って来なかった。気だてのいいジェシカも時間がたつにつれて不機嫌になり、アンはすっかり手こずってしまった。

外に出てトボガンを始めたが、手が冷たいとかブーツに雪が入ったとか言ってふくれっ面をし、しまいには「トボガンなんていや。パパとスキーしたい！」と言い出す始末だった。

アンは強引にジェシカの手を取った。「おうちに入って暖炉の火でトーストを焼きましょう！　それからココアを入れて、あとはぬり絵！」

初めて厳しい言い方をされてジェシカはびっくりしたようで、おとなしく家に入った。最初はしゅんとしていたが、やがて暖炉の前で羊の毛皮の上に座り、機嫌を直して手についたパンくずをなめたり口の回りをココアで茶色にしたりし始めた。鍋底を焦げつかせ、トースト三枚を真っ黒にし、おまけにアンは指をやけどしたが、ジェシカの目に輝きが戻ったのを見れば満足だった。ジェシカはうれしそうにクレヨンを全部毛皮の上にあけ、二つに分け出した。

「これはアン、これはあたし……」

「ここにいたのか」入口でデヴィッドの声がした。

いつもと違い、ジェシカはかけ寄って行かなかった。「スキーに連れて行ってくれなかったのね！」

デヴィッドは困った顔をした。ソニアから電話があったとたんに忘れてしまったのに違いない。

「ごめん、忘れてたよ。明日の朝一番にスキーをしよう。それでいいかい？」

「もう忘れない？」

「今度は大丈夫だ」二人は笑みを交わした。そこにはもう仲のよい父娘《おやこ》のムードが戻っていた。「ソニアにこんにちはを言いなさい、ジェス」

「こんにちは、ソニア」真面目くさって言うジェシカには笑顔を誘われる。

デヴィッドは続いてソニアにアンを紹介した。アンはにこやかに挨拶《あいさつ》したが、ソニアは軽くうなずいただけですぐに目を毛皮の上の皿やクレヨンに移した。「相変わらず散らかしてるのね、ジェシカ。一体何をしてるの？」

「ココアを作ったの」ジェシカはぷんとして答えた。

「アンはやけどしちゃったのよ」

「やけど？」デヴィッドは鋭くアンを見た。「見せてごらん」

「いえ、なんともないんです」

彼はつかつかと近づいて来てアンのかたわらに膝をついた。「見せてごらんと言ってるだろ！」アンは仕方なく手を差し出した。「バスルームの救急箱に軟膏《なんこう》が入ってるからつけておきなさい」

「ここでココアを入れるなんて危ないわ」ソニアはチャーミングに抑揚をつけて口をはさんだ。

「本当だ。この程度で済んでよかったよ」

ジェシカの前で言い争いをしてはいけない。するなら後にしよう。アンは表面上謙虚に答えた。「すみません。今後気をつけます」

デヴィッドがジェシカの絵を見ている間に、アンはソニアに目を注いだ。ジェシカの言うとおり、あまり好きになれそうもない女性だ。だが、目を見張るばかりに美しい。背が高く優雅で彫刻のように整った体。上にまとめたプラチナブロンドの髪。クールな青い目。申し分ない顔立ち。彼女はクリーム色のミンクのコートと同じ色のブーツ、青いカシミヤのスカートとセーターに身を包んでいた。ボーグのモデルみたいにシックな装いである。それに比べてアン自身は——色あせたジーンズに古ぼけたピンクのセーター、髪はポニーテールで眼鏡をかけ、お化粧もしていない。ソニアが目もくれないのは当然だ。というより、彼女は雇われている人間など気にもとめないのだろう。

ソニアはじれったそうにもじもじした。「デヴィッド、まだ？」

デヴィッドはしきりとジェシカとしゃべっていた。約束を忘れた埋め合わせのつもりなのだろう。「悪いね、ソニア。もうちょっとだ。先にマリアンと部屋へ行ってなさい。コートを脱いでゆっくりするほうがいいだろう」

ソニアはちらりと甘ったるい笑顔を見せた。アンは内心むしゃくしゃしながらソニアを部屋へ案内した。デヴィッドの部屋の真向かいなんて、さも特別な間柄みたい。天蓋《てんがい》付きのダブルベッドの脇《わき》に、ソニアのコートと同じクリーム色のスーツケースが積んである。ひだをとったベッドカバーやたれ布、花模様の敷物、せん細なフランス風家具を備えた女らしい部屋だ。ほかの部屋とは調子が合わない。

そのわけはソニアの言葉を聞いてわかった。「この部屋、わたしが内装したの。家を買ったとき、デヴィッドがわたしの部屋にはわたしの好きな家具を入れなさいって言ったからよ。いい部屋でしょ？」

「ええ、とても」心からとまではいかなくても、アンは礼儀正しく相づちを打った。

「あなたがいてよかったわ」ソニアは化粧台の前に座ってコンパクトを取り出した。「ジェシカを見てくれる人がいれば、デヴィッドと二人で出かけられるもの。この前なんか、どこに行くときもあの子がくっついて来てうるさくって」

「ジェシカがお好きじゃありませんの？」アンはできるだけ冷静に言った。

「好きでも嫌いでもないけど、子供ってみんなかまってもらいたがって足手まといだわ。しかもデヴィッドときたらあの子にべたべたでしょ。娘に夢中の父親なんて不健全じゃないの」

アンは反射的にデヴィッドをかばった。「あの方はべたべたしてなんかいません。ジェシカを愛してるんですわ。かわいがっていても叱《しか》るべきときは叱りますし、とてもいい父親です」

「ずいぶん彼に味方するのね」ソニアはおもしろそうに、だが冷たい目つきをして言った。「彼に熱を上げるのはおやめなさいよ、ウインタースさん。何しろあのとおりハンサムでしょ。行く先々で女の子を泣かしてるの。でも、いつもわたしのところへ帰って来るわ。そのこと、忘れないでね」

「わたしは熱を上げてなんかいません。嫌いなところだってたくさんあります。わたしのほうからも一言ご忠告申し上げますけれど、デヴィッドとジェシカの間に割り込むのはおやめになったほうがよろしいと思います。ジェシカを傷つけるだけではなくて、あなたのためにもならないことですから。デヴィッドとジェシカを引き離そうとすればそれだけあなたはデヴィッドに嫌われるようになるんですよ」

「まあ、失礼な！　デヴィッドに言いつけるわよ」

「なんの騒ぎだ！」入口に当のデヴィッドが立っていた。

「ああ、デヴィッド」ソニアは急に悲しげな顔をした。「ウインタースさんたら、わたしがジェシカをかわいがらないって言うのよ。そんなことないのに。さっきは、ジェシカがけがをしたら大変だと思うから暖炉でココアを作るのは危ないって言ったのよ。あなたならわかってくれるでしょ？」

アンは啞然とした。「わたしたちはそんな……」

「マリアン、お客さまには失礼のないようにしてくれ」デヴィッドがむっとしてさえぎった。「人の言うことは素直に聞かなくちゃいけない。きみがやけどしたのが何よりの証拠じゃないか」

アンは声を震わせて言い返した。「暖炉を使ったのは、ジェシカの機嫌を直すためです。あなたが約束を破ったせいなんですよ。ジェシカはすごくがっかりして、わたしも扱いかねるほど……」

「そのためにきみに給料を出してるんだ」デヴィッドの青い目が怒りに燃えた。

「いくら払ってるのか知らないけど、お給料を出すなんてもったいないわ」ソニアが苦々しく言った。「身のほど知らずよ。わたしがあなただったら、さっさと辞めさせるわ」

本当のことを言えたらどれほどいいか、とアンは考えた。わたしはジェシカの母親で、法律的には今もデヴィッドと夫婦なのよ、と。でも、それはできない。唯一の慰めは、デヴィッドがソニアと結婚できないということだ。まだ離婚していないのだから。あんな人が義母になったら、ジェシカがどれほど辛《つら》い思いをすることか！

気持が落ち着くと、アンはソニアを敵に回してはいけないと思い始めた。デヴィッドがどれだけソニアを信頼しているかは知らないが、ソニアに憎まれたために自分の立場が危なくなっては大変だ。「ソレンソンさん、お気にさわったのならお詫《わ》びします。失礼なことを申し上げるつもりはなかったのですが。よろしければ、仕事に戻らせていただきますわ」

アンは頭をもたげてドアに向かったが、デヴィッドの青い目に射すくめられて思わず下を向いてしまった。昨夜彼を誘惑した記憶が不意に生々しくよみがえる。どうかしていたのだわ。デヴィッドから見ればわたしは単なる使用人でしかない。しかも、厄介者の。今後はそのことをよく肝に銘じておかなくては……。

6

次の朝、ジェシカとデヴィッドは二人だけでスキーに出かけた。父娘《おやこ》水いらずで過ごしたいのだろう。ソニアはまだ起きてこない。起きないわけは……いや、気を回すのはよそう。アンは、デヴィッドとジェシカから仲間外れにされた寂しさを忘れようと努めながら、書斎で読書をしたり手紙を書いたりした。こういう朝は、他人を装っている悲しさが身にしみる。

午後になるとデヴィッドとソニアはどこかへ行ってしまったので、アンは再びジェシカと二人になった。昼食後一時間ほど昼寝をしたジェシカは、元気いっぱいで起き上がった。

「川の方へ行ってみない？」アンは誘いかけた。

「あひるがいるんでしょ？」

二人はスノースーツとブーツを着けて外に出た。真冬のカナダではときとしてこういう暖かい日がある。ガレージの屋根に下がっているつららからはぽたぽたとしずくが落ち、とても一月とは思えない。雪はとけて水っぽく、雪団子を作るにはちょうどいい。二人の手袋はすぐに雪でかたまった。

すべるように丘を下ってたどり着いた川は、青い空を反射して輝いていた。かもが二羽川面を漂い、ときどきもぐっては魚を獲《と》っている。水のしたたる音と、枝から雪がすべり落ちる音以外、物音もしない。ジェシカが細い流れをせき止めて遊んでいる間、アンは平和な光景を心ゆくまで楽しんだ。

そのとき、鼻を鳴らすような声が聞こえてきた。初めジェシカのいたずらかと思ったが、そうではないらしい。声は森の方から流れてくる。「聞こえる、ジェス？」

「何が？」

「ちょっと聞いてごらんなさい」再び森の方で声がした。今度はいくらか弱い。「ほら。行ってみましょうよ」

二人は手をつないで土手に沿った森に近づき、声を頼りに枝をくぐり、雪を踏んで進んだ。「犬みたいじゃない？」アンは息を切らして言った。

案の定、大きくて黒いやせこけた犬がいた。二人に気づいて盛んに尻尾《しっぽ》を振っている。「そばへ行かないで、ジェス。わたしが先に行って様子を見るから」アンは慎重に近寄った。おとなしそうな犬だが、油断はできない。「まあ！　わなに足をはさまれてるんだわ。かわいそうに！」

二十センチくらいの鋼のわなが犬の前足を締めつけ、血がこびりついている。アンは手袋をとり、押さえの部分を力いっぱいこじあけた。だが、わなはびくともしない。「どうしよう。外れないわ」

「パパならできるわ！」

「そうよ、ジェシカ！　よく気がついたわ」アンは犬の肩を叩《たた》いて言った。「すぐ戻って来るから心配しないでね」

犬は二人が去って行くのを見て悲しげな声をあげた。「あたしたちが戻って来ないと思ってるんだわ」ジェシカは泣きそうな顔をした。

「大丈夫。早く家へ帰りましょう。早く帰ればそれだけ早く戻って来れるから」だが、丘をよじ登っているうちに太陽は沈み始めた。意外に時間がたっていたのだ。デヴィッドが家にいればいいが……留守だったらどうすればいいかわからない。

裏口から家に入り、アンは直ちにジェシカのブーツとぬれたスノースーツを脱がせ、自分もブーツを脱いで台所から廊下へ出た。書斎から低い話し声が聞こえ、ドアがあいている。

書斎に足を踏み入れると、例によって暖炉のかたわらにすらりとした姿が見えた。「デヴィッド！」アンはうれしくなって叫んだ。「家にいてくださってよかったわ！」

何を感じたのかわからないが、彼は目をきらりとさせた。「なぜだい？」

するとジェシカが走り寄って説明し出した。「来て、パパ！ 犬がわなにはさまれてて動けないの」

そのときアンは、しまったと思った。デヴィッドとソニアは出かけようとしているところだったのだ。デヴィッドはダークグレイの背広。ソニアはトルコブルーのエレガントなカクテルドレス。ダイヤモンドのイヤリングとブレスレットがまばゆい光を放っている。

たちまちソニアは目をつり上げた。「ウインタースさん、この子に少しお行儀を教えたら？ もっともあなたが礼儀作法を知らないならだめだけど」

一瞬部屋の中はしんとした。アンは懸命に自分を抑えて静かに言った。「ジェシカは心配でそれどころじゃないんです。川のそばで犬がわなにかかっているんですけど、わたしには外せなくて……」

「だったら明日の朝までほうっておくしかないわ。わたしたちはお食事に出かけるんですもの。ね、デヴィッド」

ジェシカはわっと泣き出してアンに抱きついた。「泣かないで、泣かないで」アンはジェシカをなだめ、見そこなったと言いたげな顔でデヴィッドを見上げた。「誰か助けに行ってくれそうな人の電話番号を教えていただけません？ 一晩中ほうってはおけませんわ。飢えかけてるんですもの」

「早合点しちゃ困る。ぼくは行かないとは言ってないよ」

「行ってくださるんですか？」

「当然だ。ぼくはそんな情け知らずじゃない。ジェシカ、泣くのはやめなさい。着替えてすぐにアンと行って来る。もう暗いから、お前は家で待っておいで」

ジェシカは涙にぬれた目を上げた。「あの犬、連れて来てくれるの?」

「連れて来るとも」

「わあ、うれしい。パパ、ありがとう!」

「お食事はどうするの?」ソニアは口をとがらした。「あなたが行くことないでしょ、デヴィッド。オコナーさんにでも行ってもらったら?」

「テレンスは年だから犬をかかえて丘を登って来るのは無理だよ。食事は少し遅らせよう」デヴィッドが飲み物を置いて書斎を出ると、ジェシカが犬の話をしながらついて行った。

「うまくやったわね、ウインタースさん」ソニアが冷淡に言った。「でも、この後も勝てると思ったら大間違いよ。夜になれば彼はわたしのものですからね」

どういう意味かは言わずと知れている。ソニアはデヴィッドの愛人なのだ。それが当然かもしれない。彼の周りにはいつも女性が集まって来たし、彼は長い間独り身で暮らせるような人ではないのだから。

なぜか急に泣きたい気持に襲われる。

「失礼して靴下《くつした》を替えて来ます」アンは不愛想に言って部屋に戻った。

裏口に出たころには、すでに日はとっぷりと暮れていた。ブーツをはいているとデヴィッドの声がした。「いいかい?」彼は茶のコーデュロイのスラックスに厚手のジャケットをはおり、あざらしのエスキモー風長靴《マクラク》をはいて懐中電灯を手に立っていた。とても背が高く、頼もしく見える。「さあ、行こう」

「暗くなってしまって……わかるかしら」

「近くまで行けば犬のほうが声を立てるだろう」

二人は丘を下り始めた。雪が靴の下できしむ。雲がかかって星は見えず、空気は湿気を帯びて重苦しい。

「雪になるな」デヴィッドはぽつりとつぶやいた。

今のデヴィッドにはどこかよそよそしいものを感じる。アンは彼の長い脚に追いつこうと足を早めながらそっと言った。「お出かけになるところだったのにすみません」

「いいさ。食事よりジェシカのほうが大事だ。今度は、その犬を飼うって言い出すんじゃないかな」

アンは笑い声を立てた。「見てがっかりなさらないで。見栄えのする犬じゃありませんから」

「そんなことだろうと思ったよ」デヴィッドの声が温かみを増し、アンは気持が楽になった。

彼は前方を照らし「あっちを通ろう。いくらかゆるやかだ」と言って懐中電灯を持ち替え、アンに手を差し出した。アンはためらいがちにその手につかまり、土手をそろそろと下り出した。何度かすべりそうになったが、その都度デヴィッドの手がしっかりと支えてくれた。やがて平らなところへ出たが、デヴィッドは手を放そうとしない。二人はずっと手をつないだまま歩いた。

ふとアンは自分が奇妙な状況にいるのに気づいた。懐中電灯の細い光が照らし出す周囲には人影もなく、せせらぎの音と木々のざわめきのほか何も聞こえない。冬の闇《やみ》の中に夫である男と二人きり。ここへ来て以来ときおり感じる疑問が頭をもたげる。娘に人一倍愛情を持っている男が、なぜ妻に対してあれほどむごいことをしたのだろう？ 考えれば考えるほどわからない。なんとかしてその謎《なぞ》を解き明かせないだろうか？ 川に近づくにつれ、風のうなりが大きくなる。幸せ……デヴィッドと二人でこうしているのがたまらなく幸せなのだ。ぼんやりしていたアンは、たちまち氷に足をとられ転びそうになった。デヴィッドは素早くアンの体を抱き止めた。彼の腕は大きな安心感を与えてくれる。長いこと忘れていた安心感を。懐中電灯の明かりの中で、アンはデヴィッドを見上げた。戸惑いがちに、束の間の幸せをのがすまいと必死になりながら……。

「どうしたんだ？」デヴィッドは真剣な表情でたずねた。「幽霊に出会ったみたいな顔をしてるじゃないか」

そうよ――結婚生活の幻を見ていたのですもの。なぜか彼から目をそらすことができない。

「きみにはどうもわからないところがある。煙に巻かれそうだ」ハスキーな声で言うと、デヴィッドは体をかがめてやさしくキスをした。骨まで溶けてしまいそうな温かいキス。アンは言葉もなく彼に抱きついていた。

茂みの中で悲しげな鳴き声がする。デヴィッドは体を起こし、アンのあごに手をかけてまじまじと顔を見つめた。「行こう。犬を助けに来たんだよ」

アンは黙ってうなずいた。どういうわけなのだろう？　相手は憎い夫、デヴィッドなのに、もう一度キスしてほしいのだ。

犬は人の気配を感じたのかはっきり声をあげて吠《ほ》え始めた。デヴィッドが先に立ち、雪をかぶった枝をくぐりながら進むうちに、懐中電灯の光は犬の姿をとらえた。さもうれしそうにピンクの舌を出してこちらを見ている。

「ずいぶん大きな犬だな！　ラブラドールとニューファンドランド犬の混ざりだろう」デヴィッドは犬に詳しいらしい。「よしよし、今行くよ」

おもしろいことに犬は吠えるのをやめ、くんくんと鼻を鳴らした。デヴィッドはアンに懐中電灯を持たせ、手近な木の枝を何本か折って犬のそばにうずくまった。「ぼくが押さえをこじあけたら、すぐにこの枝を差し込んでくれ」

彼は歯を食いしばって金具を引き上げた。少しずつ押さえが台から離れていく。「そらっ！　ここだ！」アンが夢中で枝を差し込むと、デヴィッドはそっと犬の足を引き抜いた。「獣医に診せよう。骨が折れてるかもしれない。懐中電灯を持って前を歩いてくれないか。ぼくはこいつを抱いて行くから」デヴィッドに抱き上げられた犬は、甘えるように茶色の目で彼を見上げた。

大きな犬をかかえて丘を登るのは重労働である。家に近づくころにはデヴィッドも息を切らしていた。「テレンスに車を出してもらってくれ。すぐに医者のところへ行こう」

ジェシカは裏口から飛び出して来た。「わあ、連れて来たのね！　かわいい犬でしょう？」

「それは見る人によりけりだな。とにかく今からお医者さんに連れて行くからね」

「あたしも行っていい？」

「ああ、おいで」

四人と犬は直ちに車に納まり、東へ十キロほど走ってれんが造りのクリニックに着いた。獣医は赤毛の若い男で、愛想よくデヴィッドと挨拶《あいさつ》を交わし診察室へ促した。アンはジェシカと待合室で待っていたが、すぐにジェシカが退屈し始めたので外に出、囲いの中にいる馬や檻《おり》の中の犬を見て歩いた。戻るとちょうどデヴィッドが包帯を厚く巻いた犬を抱いて診察室から出て来た。車の中で彼が言うには、獣医のところに犬が行方不明になったと届けてきた人はないそうだ。

「それじゃ、うちで飼ってもいい、パパ？」

「そう言うだろうと思って狂犬病やジステンパーの予防注射をしてもらって来たよ。なんて名前にする？」

「ローバー」ジェシカはすぐさま答えた。

「ありふれてるね。変わった名前はないかい？」

「いい名前よ！　アンがローバーっていう犬のお話

を読んでくれたの」

「きみの責任だぞ」デヴィッドはふざけてアンをにらんで見せた。胸がきゅっと痛くなる。家に入って行くときも、一家で我が家に帰り着いたような錯覚に陥っていた。それが現実ならどれほどいいか！

台所の入口でジェシカのブーツを脱がせているうちに、室内の暖かさで眼鏡が曇ってきた。アンは無意識に眼鏡を外し、ポケットにすべり込ませた。

「こんな犬のためにみんなで大騒ぎして出かけたの？」ソニアが出て来て顔をしかめた。「かわいいわ！」

ジェシカはむきになって言った。「寝床を作ってやらなくちゃな」デヴィッドが割って入った。「ディーダー、古い敷物はどこだい？」

ソニアは、黒い犬からジェシカとアンに視線を移した。アンはまだジェシカのブーツを脱がせていた。寄せ合った二つの顔……同じように頬を紅潮させ目を輝かして……しかも、同じハート型の輪郭。帽子をかぶっているので、髪の色の違うのはわからない。

ソニアは一瞬ショックで茫然《ぼうぜん》とし、それから目を細めた。そのとき、アンはソニアの視線を感じて目を上げた。目と目がぶつかる。アンにはソニアが二人を見比べていたのがわかった。

ソニアが何か感づいたとしたら……当然それを利用してアンを不利な立場に陥れるに違いない。もうすでに敵意を抱いているのだから。

デヴィッドがかごとほつれた敷物を持って戻って来て、隅の方に置いた。ソニアが彼に話しかけようと口を開いたとき、アンは恐怖感で血が凍りそうな気がした。「ねえ、デヴィッド」カクテルドレスのままのソニアの目は、身につけたダイヤ同様冷たく光っている。「その犬、飼うつもり？」

そんな話だったのか——アンはへなへなと座り込みそうになった。

「そう。少なくとも飼い主が現れるまではね。だが、今さら誰かさがしに来ることもないだろう。ジェシカはもともと犬を飼いたがっていたんだ。正直言ってこんな犬を飼うつもりじゃなかったが、まあ血統のよくないところは愛嬌《あいきょう》で埋め合わせしてくれるだろうよ」

ディーダーが食べ物を皿に入れて来ると、がつがつしていたローバーはあっという間に平らげてしまった。「二、三時間したらまた食べさせるといい」デヴィッドが言った。「一度にたくさんやらないようにと先生に言われてきたんだ」

ローバーはびっこをひいてかごに入り、匂《にお》いをかいでぐるぐる回ってからどんと座ってため息をついた。それから、注目の的になっているのを意識してか、鼻を前脚の間に埋めたまま尻尾で二回ほどとんとんとかごを叩いた。

「五分で着替えして書斎へ行くよ、ソニア。さっきは飲みかけだったな」デヴィッドはほかの人の存在を忘れたかのように、ソニアにやさしく笑いかけた。

「新しく作っておくわ。お好みどおりにね。夜は長いんだから、急がなくていいわよ」ソニアは意味ありげにデヴィッドの細い体に目を走らした。

五分後、アンはジェシカとローバーを台所に残して廊下へ出た。書斎からソニアのハスキーな笑い声が流れてくる。と、どきっとする言葉が耳に飛び込んだ。「デヴィッド、さっき、台所でおもしろいことを発見したわ」

「なんだい？」

「ウインタースさんが眼鏡を外してジェシカのそばにいたんだけど、あの二人ってそっくりね。姉妹か――母娘《おやこ》みたい。そんなことってあるかしら？」

しばらく間をおいてデヴィッドは淀《よど》みなく答えていた。「実は、あの二人は血がつながってるんだ。言わなかったかな？　遠い親戚《しんせき》なんだよ」

「それにしては似過ぎてるわ」

「血筋っていうのは意外なところに表れるものさ。マリアンの家族はみんな死んでしまってね――一人っきりなんだ。かわいそうだから、ここで働いてもらうことにした。遠い親戚でも、やはりできるだけのことはしてやらなくちゃいけない」

アンはびっくりした。デヴィッドはどうして作り話などしたのだろう？

「小説みたいね」ソニアのいやみがましい声が聞こえる。「落ちぶれた親戚を雇ってあげるなんて」

「世の中、きみのような恵まれた人間ばかりじゃないんだよ、ソニア」

「あなた、いつもいやにあの人をかばうのね。何かわけがあるの？」

デヴィッドはいらいらした口ぶりで答えた。「きみが気にし過ぎるんだ。一晩中彼女の話をするつもりかい？　食事の予約をし直したけど、そろそろ出ないと遅れるよ」

「わかったわ」衣《きぬ》ずれの音がする。「出る前にキスして、デヴィッド……」

アンは顔をほてらせて自分の部屋にかけ込んだ。ジェシカのそばを離れるのには耐えられないが、このままではますます変な立場に追い込まれそうだ。ソニアはデヴィッドと結婚したがっている。だが、彼女がデヴィッドの妻に納まるのは間違いだ。ジェシカのためにもデヴィッドのためにも。デヴィッドは温かい、愛ある心の持ち主だが、ソニアは冷たく計算高い。デヴィッドのやさしく広い心までそこなってしまうだろう。もしかしたら、デヴィッドがアンに冷たく当たったりするのは、すでにソニアに影響されているせいかもしれない。それに、書斎でのあの嘘《うそ》はどういうことなのだろう？　遠い親戚だなんて……まったくのでたらめではないか！

考えているうちに頭が痛くなってきた。アンは戸外用の上着を片づけ、きちんと眼鏡をかけて階下へ下りた。ジェシカを寝かせる時間を過ぎているのだ。

ジェシカを寝かせてから、ローバーにビーフシチューの残りを二回に分けて食べさせた。見られるようになるまでには、まだしばらくかかりそうだ。明日はブラシを当ててやって、ジェシカとドッグフードを買いに行こう。

部屋に戻ったのは十一時ごろだった。デヴィッドとソニアはまだ帰らない。本を読みながら車の音に聞き耳を立てていたのだが、いつの間にかうとうとしたらしく、はっと気がつくと階段を上って来る足音がしていた。デヴィッドの低い声と、ソニアの笑い声が聞こえる。

アンは胸苦しさに襲われて起き上がり、反射的に明かりを消してドアをあけた。廊下で二人が睦《むつ》まじそうに寄り添っている。暗がりに目が慣れると、ソニアが挑発的にデヴィッドに体をすり寄せ、長い白い指を彼の首にかけて引き寄せるのがわかった。二つの人影が一つになる。長いキス……アンはもう見ていられなかった。部屋に引っ込み、細心の注意を払ってそっとドアを閉める。二人の声が聞こえるが、話の内容は聞き取れない。かちり、とドアの閉まる音がする。どちらの部屋か知らないが、ただ一度だけのような気がする。あとは深い静寂が辺りを支配した。

デヴィッドとソニアは同じ部屋に入ったのだ。アンはベッドに崩れ込み、じっと暗闇を見つめた。目の前で大きなほら穴がぽっかり口をあけている。落ちないように頑張っても、ずるずると引き込まれて嫉妬《しっと》に狂っていく自分を感じる。デヴィッドとソニア……デヴィッドとソニア……涙さえ出ない。泣いたくらいでは、この苦しみはいやされないのだ。

しばらくしてアンは起き上がり、ベッドの上に座った。体中が痛く、ひどく疲れを感じるが、頭はさえざえとしている。

デヴィッドを愛している。多分、いつもいつも愛していたのだ。憎んでいるとか会いたくないとか思ったのは、真実を見つめるのが怖がっただけ。本当は愛している。死ぬまで愛し続けるに違いない。

それなのに、デヴィッドは愛してくれなかった。嘘をついてジェシカを奪い去ったのが動かぬ証拠だ。あの残酷な行為は、憎悪から出たものとしか思えない。彼がソニアを愛しているのかどうかは知らないが、あの二人は今同じ寝室にいる。耐えられない事実だが、黙って見ているしかない。ジェシカのためを思えば、出て行くわけにはいかないのだから。

翌朝は、寝不足を見破られないように最大の努力をして階下に下りた。朝食をお盆にのせてダイニングキッチンに入ると、デヴィッドはすでに二杯目のコーヒーを飲みながら新聞を読んでいた。

「おはよう、マリアン」彼はマリアンという名にかすかに力を入れた。こういう言い方をされるといつも居心地が悪くなる。「具合が悪いのかい？」

「いいえ、ちっとも」デヴィッドの形のよい指がコーヒーカップを握っている。あの指がソニアの体に触れて……アンはぞっとした。

「顔色が悪いよ」

「ご心配くださってありがとうございます」アンは皮肉っぽく言って二枚のトーストに目を落とした。全然食べる気がしない。「わたしはなんともありませんからほうっておいてください」

「悪いけど、きみは人にああしろこうしろと言える立場じゃないよ」獲物に飛びかかるライオンのような危険なムードがデヴィッドの周囲に漂った。「ここで決断を下すのはぼくだ。きみは病気じゃないかもしれないが、過労らしい。テレンスに空港まで送らせるから、今日から早速ハリファックスへ行って来なさい。その様子からすると、とにかく何日かゆっくり休むのが何よりだ。今日は……ええと、木曜日か。月曜までに帰ってくれればいい」

アンはデヴィッドの無情な目を見つめた。彼はわたしを追い払おうとしている——そんなことされてたまるものですか！「いやです！　あの……行きたくありません」

「行きたいかどうかきいてるんじゃない。ぼくが行きなさいと言ったら黙って行くんだ」

「そんな強引な……」

「心配することはないよ。誰も首にするとは言ってない。月曜日に戻って来ればいいんだ。ジョナサンとこのまま一緒に暮らすのでなければの話だが」

アンはジョナサンのことには知らん顔をした。

「ジェシカが寂しがります」

「もちろんだ。だが、前にも言ったとおり、あの子があまりきみにべったりになるのはよくない」

「なぜいけないんですか？」

デヴィッドはわざと意外そうに眉を上げた。「言うまでもないだろう？　きれいな若い女性がいつまでもこんな田舎にいるはずはないからさ」アンが否定しようとすると、彼はすかさずたたみかけた。

「ぼくの経験によれば、女というのはまったく信用できない。今そばにいたって、明日になればどこかへ行ってしまう。きみも例外じゃないだろう。だから、きみがいなくなったときにジェシカが傷つかないようにしておきたいんだ」

「ジェシカはもうわたしに愛情を持ってます」アンは灰色の目に憤りをこめて穏やかに言った。

「うかつに愛情なんて言葉を使うものじゃないよ。とにかく、月曜の朝の便で帰っておいで」

「私生活には立ち入らないでください。ハリファックスへは行かないと言ったらどうなります？」

「実際はどこへ行こうとかまわないんだ。ただ三日ばかりここを離れてくれればいい」ソニアと二人になるためにね、とアンは心の中でつぶやいた。「聞こえたかい？」

「聞きたくなくても聞こえます」

「ジェシカがそんな口をきいたらお尻《しり》をぶってやるところだ」デヴィッドは席を立った。

「わたしはジェシカではありませんし、あなたはわたしのパパではありませんわ」

「きみの父親になりたいとは思わないね。どういう意味かは勝手に解釈するといい。テレンスに話しておくから、連絡先は彼に言っておいてくれ」

「ジョナサンのアパートの電話番号を渡しておきます。あそこに電話をくだされば、昼でも夜でも連絡がつきますから」

「きみも大したものだな！」

「ご自分のことを棚に上げて人を非難なさるんですか？」アンは彼をにらみつけた。「ソニアとは特別な間柄でいらっしゃるんでしょ？」

「そんなこと、きみには関係ない」


まったくそのとおりだ。どうしてこんなことを言ってしまったのだろう？　アンは目を伏せた。

デヴィッドはテーブルを回って来てアンのあごに手をかけ、素早くキスをして出て行った。アンが口をきく暇もないうちに。

声をあげて泣きたいが、そろそろジェシカが下りて来る。空は明るく晴れ渡り、飛行機の旅にはうってつけの天気だ。仕方がない。荷造りしよう。

アンは立ち上がったが、外の景色に吸い寄せられて窓辺に歩み寄った。雪におおわれた丘が薄青い空の下で柔らかい丸みのある線を描き、谷ではえぞ松のとがった葉が暗い色合いを添えている。厳しく寂しい美しさだ。あの谷の辺りを、昨夜デヴィッドと手に手をとって歩いたばかり……温かいやさしいキスをしてくれた彼が、今朝はなぜこうも冷たいのだろう？　アンの目にはいつしか涙が浮かんでいた。

7

　午前中は表向き普段と同様だった。テレンスは二時半の飛行機を予約したという。アンはドッグフードを買いに行く道すがら、ジェシカにハリファックス行きの話を切り出した。

「パパがお休みをくれたから、三日間ハリファックスへ行って来るわね、ジェス」

　ジェシカはじっとアンを見上げ、鼻の上にしわを寄せた。「お休みが終わったら帰って来る?」

「もちろんよ。月曜日には帰るわ」

「じゃ、あたしローバーと遊んでる」ジェシカは気を取り直して言った。アンの言葉を素直に信じているのだ。デヴィッドは不信感を抱いているらしいが。

ジョナサンに電話したところ、喜んで空港へ迎えに出ると言ってくれた。昼食後はジェシカに昼寝をさせてから、少しスーツケースに詰めた。そのとき、誰かがドアを叩《たた》いた。「どうぞ」

　高価な香水の香りとともにソニアが入って来た。ピンクの柔らかいスエードの服に絹のスカーフ。念入りにカールさせた髪が耳元で揺れ、オパールのイヤリングが淡いピンクに輝いている。相変わらず目が覚めるように美しい。グレイのスラックスとセーターをまとったアンとはなんたる違いだろう!

「出て行くの?」ソニアはいきなりたずねた。

「二、三日だけ。月曜日に帰ります」

「帰って来ないほうがいいんじゃない? わたし、意地悪をするかもしれないわよ」

　もうしてるわ、とアンはひそかに思ったが、断じて弱虫に見られたくないので平然として言った。

「意地悪ってどんなことでしょう?」

「あなたの化けの皮をはがすこと。ふん、何がマリアン・ウインタースよ。遠い親戚《しんせき》? あきれた!」

「わたしはマリアン・ウインタースです。証明するものだってあります。デヴィッドが何も調べずにジェシカを預けたりするとお思いになって?」

「どうやってデヴィッドをだましたのか知らないけど、わたしはだまされないわよ。あなた、アン・メトカーフでしょ? わかってるわ」

アンはどきっとしたが、心の動揺はおくびにも出さなかった。「何をもくろんでいらっしゃるのか存じませんが、どうかもうお引き取りください。わたし、荷造りがありますので」

「全部持って行ったら? デヴィッドに本当のことを言うわよ。親戚なんて嘘《うそ》だって」

その嘘をついたのはデヴィッドなのに、とアンはおかしくなり、背を向けてたんすからブラウスを出した。「変なことおっしゃらないでください」

「変なのはあなたのほうよ。彼の奥さんのくせに。なぜ帰って来たの? 何が欲しいの?」

「おっしゃるとおりですわ。奥さんがどうして身分を隠して帰って来るのでしょう? その一つを考えても、わたしがマリアン・ウインタースだってこと、おわかりになるはずです」

「違うわ! あなたはアンよ。デヴィッドがそれを聞いたら……」ソニアはわざと言葉を切った。「きっと喜ぶわよ」

「喜ぶ?」うれしい思いがアンの胸にわき上がった。だが、たちまちその思いはくつがえされた。

「そうよ。彼は最近離婚したがっていたんですもの。あなたのほうから現れてくれれば、人を使ってさがし出す手間とお金がはぶけて大助かりだわ」

本当だろうか? アンは茫然《ぼうぜん》とした。「今ごろになって離婚したいというのはどうしてです?」

「わたしと結婚するためよ。当然じゃないの」

「ジェシカは？」アンは無意識につぶやいた。

「ジェシカがどうしたの？」

「あなたはジェシカを愛してないじゃありませんか！　あの子がかわいそうです」

「そうね。でも大切なのはデヴィッドで、ジェシカじゃないわ」ソニアはつんとして言葉を継いだ。

「あなた、このまま家政婦をしてくれない？」

「あなたはデヴィッドも愛してないんでしょう？」

「ばかばかしい話はやめてちょうだい！　デヴィッドはお金持でハンサムで教養があって……その彼がわたしのものになるのよ。あなたにもジェシカにも、誰にも邪魔はさせないわ」

アンはかっとして声を荒らげた。「品物みたいな言い方をなさるのね！　デヴィッドは人間よ。愛情や思いやりのある立派な人間だわ。どうしてそんな冷たいことが言えるの？」

ソニアは鈴のような笑い声を立てた。「あなた、まだ彼を愛してるのね？　だから帰って来たの？そのことも彼に言ってあげましょうか？」

「やめて！」しまった、と思ったがもう後の祭りだった。これでは全部白状したのも同然だ。

「それじゃ、取り引きしない？　黙っててあげるから、もう戻って来ないで。いいでしょ？」

「とんでもないわ。帰って来るってジェシカに約束しましたわ」

「そんなことわたしには関係ないわ」ソニアはドアに向かった。「戻って来なければ前の旦那《だんな》さまとももめずに済むし、あなたに損のないように、スマートに離婚問題を片づけてあげるってだけ」

「離婚にスマートも何もあるものですか！」

「あなたはセンチメンタルだからそんなことを言うのよ。デヴィッドとわたしは、何ごともお互いの利益になるのが一番いいと割り切ってるわ」

「そうだとしたら、あなたがデヴィッドを変えたのよ。昔の彼はそんな人じゃなかったわ」

「まあ、何を言うの！　失礼ね！」

ソニアがうろたえるのを見て、アンは溜飲《りゅういん》が下がる思いだった。「たとえあなたに対してはそんな人だとしても、彼はジェシカを愛してるわ。デヴィッドの愛人になるのは自由だけど、奥さんになるのはやめてちょうだい、ソニア！　愛情のない人をジェシカの母親にするわけにはいかないのよ」

「わたしはデヴィッドと結婚するわ！」ソニアはかん高い声をあげた。「帰って来るのはおやめなさい。デヴィッドとジェシカの前で恥をかくことになるわよ」彼女は身をひるがえして部屋を出て、ぴしゃりとドアを閉めた。

アンはさらに何枚か服をスーツケースに入れ、フレアスカートと絹のブラウスを着て細いブーツをはいた。髪はブラッシングして豊かに波打たせ、珍しくきれいにお化粧してたっぷり香水をつけた。それから金のイヤリングも。無理に地味にするのはやめよう。満足を感じて鏡の中の自分に話しかける。色のついた眼鏡のせいで、どこか謎《なぞ》めいた雰囲気が漂っているのも悪くない。

階段を下りかけると、後ろで声がした。「待って、アン！　待って！」ジェシカが熊のプーさんを引きずって追いかけて来た。アンを見て目を丸くしている。「とってもきれいよ！」

「ありがとう、ジェシカ」アンはジェシカに合わせてゆっくり階段を下りた。と、デヴィッドがブリーフケースとらくだのコートを持って立っていた。

「どこへいらっしゃるんですか？」思いがけない彼の姿を見て、アンはどぎまぎした。

「シャーロットタウンまで。それからきみを空港へ送る」

とたんにさっきのから元気はどこかへ行ってしまった。しばらくデヴィッドと車の中に閉じ込められるなんて、恐ろしい気がする。

「いってらっしゃい、アン」ジェシカがプーさんをぎゅっと握り締めて小声で言った。

一瞬アンは何もかも忘れてジェシカの頬にキスをした。「行って来ます。月曜日に帰るから、ローバーと仲よくしていてね」寂しそうなジェシカの顔を見るのが辛《つら》くて、すぐにデヴィッドに目を移した。

ところがデヴィッドはじっと娘を見ていた。「一緒にシャーロットタウンへ行くかい、ジェス？」

「行く！」

「パパが銀行に行っている間、テレンスにアイスクリームを買ってもらいなさい」

「下がチョコレートで上がストロベリーの！」

「ああ、好きなのをおあがり」

美しくほほ笑ましい光景だった。アンは早速ジェシカにコートを着せ、ブーツをはかせた。ジェシカはアンとデヴィッドの間に納まり、シャーロットタウンでアイスクリームを買ってもらってからは黙々として食べていたが、空港のビルを見て突然話し出した。「ハリファックスで何をするの？　アン」

「まだ決まってないわ。多分お友達に会うけど」

「ボーイフレンド？」ジェシカは無邪気にたずねた。

「ジョナサンのこと？　あの人は別にボーイフレンドってわけじゃないのよ」どうもデヴィッドを意識してしまって居心地悪い。「でも、会うわ」

「テレンスに電話番号を言っておいてくれたかい？」デヴィッドの冷たい声がした。

「ええ。いつでも連絡がつくように画廊とアパートの両方を」ジョナサンのアパートに泊まるつもりはもちろんなかった。ホテルを予約してもらったのだ。だが、わざわざデヴィッドに言うこともない。

「それはいい」彼は皮肉な口調で言い返した。

急に恥ずかしくなって本当のことを話そうとしたとき、ジェシカが声をあげた。「飛行機がいるわ！

あれに乗るの？」

「降りて見に行こうね」デヴィッドが即座に答えた。

話をするチャンスはつぶれてしまった。

アンはカウンターで荷物を預け、航空券を受け取った。ジェシカは窓際に立って滑走路をながめている。その姿を見ているとデヴィッドがそばへやって来た。「月曜日にはテレンスかぼくが迎えに来る。戻って来るだろうね、ウインタースさん？　月曜日に帰らなかったら、もうジェシカに会わせない」

予想もつかぬ言葉にアンはびっくりした。「脅すんですか？」

「そんなところだ」デヴィッドはいつもよりいっそう横柄だった。

「ど……どうして脅したりなさるんです？」

「きみが間違いなく帰って来るようにと思って言ったまでだよ」

彼はどうやらからかっているらしい。思い切ってきいてみようか――わたしが帰って来るかどうかがそれほど問題なのですか、と。だが、そこで間のびした声がスピーカーから流れた。「カナダ航空二三五便ハリファックス行きにご搭乗《とうじょう》のお客さまは、中央ゲートよりお入りください」

ジェシカはデヴィッドに呼ばれて走って来た。

「乗るとき手を振ってくれる？」

「いいわ」アンは笑いながらジェシカを抱き締めた。

「すぐに帰って来るから待っててね」

娘への愛に顔を輝かして体を起こしたアンは、デヴィッドの青い目に出会ってたまらなく引きつけられた。彼はしっかりとアンの肩に手をかけ、長々とキスをした。頬が熱い。デヴィッドにも聞こえそうなくらい胸が激しく鳴っている。「早く行きなさい。乗り遅れるよ」

アンはあわててほかの乗客のあとに続き、タラップを上ったところで手を振った。ジェシカも手を振って応《こた》えたが、デヴィッドは何も反応を示さなかった。

ハリファックスにはあっという間に着いてしまい、デヴィッドからジョナサンに心を切り換える暇もなかった。広々とした野原やなだらかな丘が続くプリンス・エドワード島と違い、ここは岩だらけで土地がやせて、えぞ松も背が低い。

ジョナサンはアンにキスしてからまじまじと顔を見つめた。「少し休まないといけないな」

「そんなにひどい顔?」

「いや、きみはきれいだよ。今さら言うまでもないじゃないか」

アンは笑ってジョナサンの胸元に顔を埋《うず》めた。

「少し働き過ぎて疲れたわ」

「ぼくのアパートでゆっくりするといい。料理も片づけも全部ぼくがするから。どう? いいだろ?」

ジョナサンの料理の腕は相当なものである。しかし、彼の心づかいはそれよりはるかにうれしい。デヴィッドにもみくちゃにされた心がいやされる思いがする。「すてきだわ。こんなによくしてもらっていいのかしら」

「何を言ってるんだ。さあ、荷物がきたよ。とにかくうちへ帰ろう」

くつろいで楽しいひとときを過ごし、アンは十一時ごろホテルに入った。翌日は病院の友人を訪ねたり買い物をしたりし、夕方仕事を終えたジョナサンと落ち合ってパブに出かけた。土曜日はドライブをした。早朝ジョナサンとハリファックスを発《た》ち、彼が親しくしている美術家を何人か訪ねながら南海岸まで行って、六時過ぎにアパートに帰った。

ドライブも、知らない人に会うのも楽しかったが、何か気がかりなことがある。なんの理由もないのに、と自分に言い聞かせてみても、どうも不安な影を心から締め出せない。

「どうかしたのかい?」例によって敏感なジョナサンがたずねた。

「何って言うほどのことはないんだけど、不安で落ち着かないの。変ね」

ジョナサンがカクテルを作り始めると電話が鳴った。彼はシェーカーを置いて仕事部屋で電話を取り、すぐに戻って来た。「きみにだ。デヴィッドから」

「デヴィッド? どこからかけてるのかしら?」

「ストーナウェイからだよ。急用らしい」

不安な気持がしたのは、いやなことが起こる前ぶれだったのだろうか? アンは仕事部屋に入り、毒蛇を見る思いで受話器を見つめた。ソニアが告げ口したのかも知れない……。

「もしもし」震えそうな声で呼びかける。

「アン?」

やはり全部わかってしまったのだ。「はい……」

「ジェシカが病気なんだ。きみに会いたがってる。帰ってもらえないかな?」

たちまちジェシカ以外のことは全部頭の中から消えてしまった。「もちろん帰ります。ジェシカはどこが悪いの? ひどいんですか?」

「昨日熱を出してね――頭と喉が痛くて吐き気がするって言うんだ。医者は流感だって言ってる。今朝は大分悪かったけど、抗生物質を飲ませたからもう大丈夫だそうだ」きびきびした口調だが、心配でたまらないのはよくわかる。「それでもまだ熱があるし、きみのことばかり言ってる。で、朝からずっと電話してたんだよ」

「わかっていたら出かけなかったのに……デヴィッド、わたし、すぐ帰ります」

「そう言ってくれると思ってたよ」妙に親しげな言い方だったが、アンは気にする余裕もなかった。

「八時半の飛行機があるんだが……乗れるかい?」

「ええ」

「ありがとう」彼のその一言に、アンの心は不思議なほど和んだ。「ぼくはジェシカについてるから、テレンスに空港へ行ってもらうよ。ジェシカにはきみが来るって言っておく。それじゃ……」

電話は切れた。アンの心にあることはただ一つだけだった。一刻も早くジェシカのそばに行ってやらなくてはいけない。

「なんの用だったんだい？」ジョナサンがそばに来ていた。

「ジェシカが病気なの。うちへ帰らなくては……」

「うちか……なるほど」

アンは顔をしかめた。「どういう意味？」自分が何を言ったか覚えていなかったのだ。

「デヴィッドのいるところはきみのうちなんだな、ってことさ」

「あそこはジェシカのいるところよ。病気と聞いてほうってはおけないわ。そのくらいわかるでしょ、ジョナサン？」

ジョナサンは急に十も年とったかと思うような顔をしてアンの髪に手をかけた。「それ以上のことまでわかってるよ。きみは四年前のきみに戻ってしまったんだ。きみのことを考えてもくれない男に――自分勝手にきみを利用する男に引かれているのさ」

確かに、ジョナサンの言うことは本当だ。「でも……」

「何も言わなくていい。きみを見ていれば、ぼくの勘に間違いがないのはよくわかる。アン、なぜあそこへ行ったんだ？　ぼくが止めたのに！」

「何もかもあなたの言うとおりよ。でも、今はそんなことを言ってるときじゃないわ。ジェシカのそばへ行ってやらなくては。悪いけど、ホテルに寄って空港まで送っていただける？」

ジョナサンはため息をついた。「断るはずはないだろう？」

車が町外れに出たとき、アンはやっと胸につかえていたことを切り出した。「ジョナサン、ちゃんと言っておかなくてはと思っていたことがあるんだけど……あなた、わたしと結婚したいって言ったわね。あれから、気持が変わるとか誰かと知り合ったとかいうことは……」

「そんなことは全然ないよ」

「そう……わたしはジェシカを愛しているし……」

アンは膝の上で手を握り締めた。「デヴィッドも、ずっと愛していたのよ。彼のしたことは、むごい、憎むべきことだけど……」

「そんな男をどうして愛せるんだ?」

「わからないわ。愛は理屈では割り切れないのね。あなたを愛していたらどれほどよかったかと思うわ。でも、だめなの……ごめんなさい」

ハイウェイは黒い流れとなって後ろへ去り、対向車のヘッドライトが金色のネックレスのように輝く。

少し間をおいてジョナサンは言った。「きみがデヴィッドと幸せになれるのなら、ぼくは何も言いやしないよ。だけど、逆にますます苦しい状況に追い込まれていくだけじゃないか」

「わかってるわ。それでも、動きがとれないのよ。ジェシカから離れられないの」

管制塔のサーチライトが闇《やみ》を貫く。空港へ来たのだ。アンはほっとした。ジョナサンにはとてもすまない気がするが、やはりはっきり言ってよかったのだと思う。

別れ際に、ジョナサンは短いが熱っぽいキスをした。「いやなことがあったらいつでも電話してくれ。遠慮はいらないよ」

アンはまばたきして涙を抑えた。「こんなことになってごめんなさい、ジョナサン。あなたを傷つけたくはないのに……」

「めぐり合わせだ、仕方ないさ。気をつけてね、アン。また連絡してくれ」

タラップを上がる前に振り返ると、もうジョナサンの姿はなかった。機内に入ると同時に、再びジェシカのことで頭がいっぱいになった。デヴィッドが電話してきたのは、よほど悪いからだろう。彼はすぐに助けを求めるような人物ではない。ドライブに行かなければ、もっと早く帰れたのに……。

テレンスの顔を見たとたんに口をついたのもジェシカのことだった。「ジェシカはどう？」

「あんたが帰って来ると聞いていくらかよくなったみたいだが、さっきまた熱が上がったそうだ。帰ってくれてよかったよ、マリアン。メトカーフさんは、昨夜全然寝てないらしい。何しろ、あの子は目に入れても痛くない一人娘だからな」

ベンツはスピードを上げてストーナウェイに向かった。暖かい日でよかった！　吹雪でハリファックスを発てないことだってあり得るのだ。またたく間に車は丘を登り始めた。家の窓からもれる光が、温かく迎えてくれるように見える。我が家のともしびだわ、とアンは思った。我が家とは、わたしの心が帰って行くところ。だから、あそこはまぎれもなく我が家なのだ、と。

荷物はテレンスに頼み、階段をかけ上がって角を回るとばったりデヴィッドと正面衝突した。彼に抱き寄せられるのを意識しながら、アンは問いたげに目を上げた。

「ジェシカは今眠ってる。一時間くらい前に先生が来てくれたんだ」デヴィッドはじっとアンを見下ろした。「呼び戻してすまなかった……助かったよ」

彼のもの静かな言い方はひどく胸を打った。「いいんです。とても向こうになんかいられません」

デヴィッドはアンの手を取り、ジェシカの部屋へ入った。ジェシカはよく眠っていたが、頬は熱でほてり、小さな体は寝苦しそうに動いていた。枕元《まくら》には熊のプーさんが転がって……見ているうちに、アンは再び自分の行くところはここ以外にないとはっきり感じた。デヴィッドとジェシカのそばにさえいられれば、もう何もいらない。

廊下に出てからアンは言った。「少しお休みになったら？　とても疲れていらっしゃるみたい。わたし、着替えたらジェシカについていますから」

「それじゃ、少し寝て来るよ。容体が変わったら起こしてくれるね？」デヴィッドはぼんやりとアンの肩を叩いて部屋へ引き取った。

時間のたつのがいやに遅く感じられる。ジェシカは目を覚ましてアンに気づき、とてもうれしそうな顔を見せたが、すぐにまた熱でぐったりしてしまった。看護師をしていたおかげで病人を扱うのには慣れている。アンは至れり尽くせりの看病をした。十二時過ぎ、ジェシカが再び寝ついたので自室に戻って部屋着に着替え、さらに一時間ほどベッドの前に座っていた。ありがたいことに熱が下がり、ジェシカは健康な子供のようにすやすやと安らかな寝息を立て始めた。峠を越えたのだ。

入口で人影が動いた。はっとして見るとデヴィッドだった。紺色のガウンをまとった彼は、静かに入って来てジェシカの額に手を当て、安どの色を浮かべた。そして、なおもじっとその場にたたずみ、いとおしそうに娘を見下ろしていた。なんと愛にあふれたやさしい姿なのだろう！　見ていると涙が出そうになる。と、彼は手招きしてアンを廊下に促した。

「大分よくなったみたいだな」

「もう心配はないと思います」

デヴィッドはにっこりして伸びをした。「お腹《なか》がすいた。冷蔵庫をかき回しに行こうよ」

「もう一時半ですよ」

「かまうものか。朝になったらディーダーがぶつぶつ言うだろうが、それでもいいさ」

二人は手を取り合い、子供のように笑いながら階段を下りて台所に入った。ローバーがかごの中で尻《しっ》尾《ぽ》を振っている。アンはその頭を軽く叩いた。「元気そうになったこと」

「ドッグフードのおかげでね。ところで、我々はターキーサンドイッチとアップルパイでどうだろう？　お湯をわかしてくれるかい？」

アンは部屋着のすそを細い脚の回りでひらひらさせ、台所を動き回った。やかんをかけ、アップルパイをオーブンに入れて温めた。「パイの上にホイップクリームをのせましょうか？」

「それはいい」デヴィッドは冷蔵庫の後ろからお盆を取り出した。「上で食べよう。ジェシカが起きるかもしれないから」

アンはうれしくなって明るい笑顔を見せた。失われていた一面がデヴィッドに戻っていたからである。それは、若々しいいたずらっ子みたいなデヴィッド。それはいまだに忘れられない昔の彼の面影だった。心配ごとにぶつかったあとだけに、こうして食べ物を用意しているのは特に楽しい。

「これで全部？」デヴィッドがきいた。

「ええ。これみんな食べていたら夜が明けてしまいそう」

「いやいや。寝る時間くらい充分あるさ」

二階へ上がったとき、アンは何げなく言った。

「わたしの部屋で食べましょうよ。ジェシカが呼べば聞こえますから」部屋に入り、デヴィッドがお盆を下ろすのを見ながらアンはスタンドをつけ、カーテンを閉めてベッドの縁に腰を下ろした。「サンドイッチを取ってくださる？」

二人は無言のうちに和気あいあいと食べ物を口に運んだ。

「ああ、お腹がいっぱい。ディーダーが作ってくれるパイ、おいしいわあ！」

「同感だね。問題は、明日のお昼用に作ったらしいってことだ」デヴィッドは化粧台の上のティシューを取りに立った。アンもお茶を注ぎに行こうとしたので、二人はぶつかりそうになった。彼はアンの顔にかかっている髪をそっと後ろへとかしつけた。

「きみが帰って来てくれてうれしいよ」

「わたしもです」

ごく自然に、デヴィッドはアンを抱き寄せ顔を近づけた。アンもこれが当然なことのような気がした。やさしく甘いキス……だが、アンがまったく抵抗を示さないのに気づいたせいか、彼は激しくアンの唇をむさぼり始めた。アンもいつしか唇を開いてそれに応えていた。

急に体中が目覚め、デヴィッドを求めてうずいた。手はひとりでに彼のガウンの衿をあけ、引き締まった肩や胸毛をまさぐっていた。部屋着を通して彼の体のぬくもりが伝わり、背や腰が彼の愛撫《あいぶ》を受けて熱く燃える。

デヴィッドはアンをベッドに横たえ、明かりを消した。二人は今同じように求め合っているのだ。彼の手がアンの部屋着のジッパーを下げた。と、一瞬のうちにアンの上半身は素肌を見せて闇の中にほの白く浮き上がっていた。

「きれいな体だ」デヴィッドの声が耳をくすぐる。

アンは彼の髪の中に手を差し入れて頭を引き寄せ、ただ夢中で唇を合わせた。デヴィッドはそっと顔を上げ、唇をアンの白い首から肩にすべらして軽く歯を立てた。やがて彼の手と唇が胸のふくらみに移り、アンは喜びに震えると同時に今一度彼のものになりたいという思いに燃えた。

デヴィッドの固く締まった腿を脚の間に感じる。すべてをゆだね、本当の気持を打ち明けてしまいたい。〝愛しているの〟と。

「パパ！　パパ！」隣の部屋で弱々しい声がした。

アンがはっと母親に立ち返る一方、デヴィッドはするりとベッドから下りてガウンのベルトを締めた。

「一緒に行こう」

急いでジッパーを上げ、アンはデヴィッドに続いた。彼のすっきりした首筋や広い肩を見るのがうれしい。髪を整えながら部屋に入ると、ジェシカはほのかな明かりの中で眠っていた。夢の中で父親を呼んだのだ。毛布をかけ直し額に手を当ててみる。熱はすっかり下がったらしい。「起こして薬を飲ませなくてはならないわ。六時間毎に飲ませることになっていますから」

ジェシカはどうにか目をあけて薬を飲んだが、すぐにまた眠り込んでしまった。アンは先に立って廊下へ出た。デヴィッドは後ろからアンの体に手をかけ、自分の方を向かせた。「もう、おやすみを言うほうがいいな」ふざけた光がちらりと彼の目に躍った。「キスはしないよ。後どうなるかわからないから」

「まあ、意気地なし！」アンも冗談に口をとがらして言い返した。

デヴィッドはいきなり激しくキスをし、さっと後ろへ下がった。「おやすみ」

「おやすみなさい」アンは小声で言って部屋に入った。乱れたベッドと真夜中の宴《うたげ》の跡が、妙に胸をときめかせる。デヴィッドに求められたという事実がたまらなくうれしい。ジェシカが声を立てたのは、喜ぶべきことだったのか悲しむべきことだったのか……あのことがなかったら、どうなっていただろう？　やはり思いとどまっただろうか？　それとも最後まで……？　ある意味では、それはどうでもいいことだった。デヴィッドが心をかけてくれたと知るだけで、もう充分満ち足りた思いだった。

8

あくる朝ジェシカの部屋で食事したとき、アンは初めてあることに気がついた。ソニアがいないのだ。

「ソレンソンさんはどうしたの、ジェス？」

「出かけたの。誰かに会いに行くって」

ソニアもどこかへ行ったなんておもしろい偶然だ、と思ったとたんにぞっとするものを感じた。昨夜デヴィッドが恋人のように熱っぽく迫ったのは、ソニアがいなかったからではないだろうか？　彼女の代役をさせられたとは思いたくない。あのひとときは、幸せな思い出として末長く心に刻んでおきたいのだ。

デヴィッドはほとんど一日中書斎で仕事をしていたので、アンはずっとジェシカに付き添い、食事もジェシカの部屋でとった。ジェシカはげっそりしていたが、本を読んだりぬり絵をしたりするところまで元気を取り戻した。デヴィッドに内緒でわずかな間ローバーにも対面させてあげた。アンがこっそり部屋に連れて行ったのである。

夜になり、夕食のお盆を下げて階下に下りたとき、書斎でソニアの声が聞こえた。ちょうどディーダーが食堂から出て来た。「あら、お盆持って来てくれたの？　すみません」

「いいのよ。ジェシカにお水をもらって行くわ」

話し声が聞こえたらしく、デヴィッドが書斎の入口に姿を見せた。アンは急にどきどきした。今日初めてデヴィッドと顔を合わせたのである。「ジェシカがおやすみなさいを言いたがってますが……」

「すぐ行く」デヴィッドは再びよそよそしい他人に戻っていた。昨夜の打ちとけた気分はどこへいってしまったのだろう？　やはりあのときはソニアがいなかったせいなのだろうか？

「ジェシカが寝たら、ちょっと書斎へ来てくれ。ソニアが話があるそうだ」彼はきびすを返して足早に階段を上って行った。あまりにも短かった昨夜のひとときを思い出し、アンは泣きたい気持で彼のあとから二階に向かった。ソニアの話とはなんだろう？どうせいやなことに決まっている。

三十分後に書斎をノックすると、ソニアの声が答えた。ブロンド美人は火のそばの肘かけ椅子に体を預け、いつもながらにシックで申し分ない姿を見せていた。だが、その下から勝ち誇った笑い声が聞こえてきそうだった。ジェシカの絵本の一ページをふと思い出す――どうぞ客間へお入りください。と、くもがはえに言いました――今のソニアはまさにそのムードだ。

「何か飲むかい？」デヴィッドが声をかけた。

「シェリーをいただけます？」アンはわざと落ち着きはらって言った。「座ってもよろしいかしら？」

「ええ、そのほうがいいわ」ソニアは意地悪く答えた。「少し時間がかかるから」

アンは隣の肘かけ椅子に腰を下ろし、デヴィッドは暖炉の脇《わき》に立って二人に鋭い視線を投げた。

「わたし、とてもいい旅をして来たのよ」赤いマニキュアをぬったソニアの指がグラスを包み込む。不気味な美しさだ。「まずフレデリクトンへ行って、次にハリファックスへ行ったの」

ソニアは故意に言葉を切ったが、アンはただぽつりと答えた。「それはおもしろいこと」

「そうよ。おもしろかったわ。フレデリクトンでは、あなたが働いていた保育所へ行ったの」

いよいよ攻撃開始らしい。「リッポンさん、お元気でした？」アンはちらりとデヴィッドに目を向けた。「わたしの推薦状を書いてくれた人です」

「マリアン・ウインタースの友達だって言ったら、

親切にあちこち案内してくれたわ。あなたが仕事で使っていた部屋も」

「あそこはいい部屋でしょ？　午後は日が入って」

「壁に写真がかかっていたわ。子供たちがマリアン・ウインタースって人を囲んで写ってる写真よ」

ソニアはグラスをあけ、デヴィッドを振り向いた。

「もう一杯作って、デヴィッド」

デヴィッドはバーへ立った。アンには、彼がいらいらしているのがわかった。それに、何か形容できない雰囲気が漂っている。彼がグラスを椅子の肘にのせると、ソニアは甘ったるい笑顔を浮かべた。

「ありがとう。どこまで話したかしら？」

「写真があったってところまでです」アンは平静を装って口をはさんだ。

「ああ、そう、写真よ。三カ月前の写真だそうだけど、あれからあなたずいぶん変わったわね。リッポンさんがマリアン・ウインタースだって教えてくれた人は、小柄でふっくらしてて、茶色の髪をくるくるカールさせてたわ」

「何かの間違いでしょう」アンは、震えそうな手を膝の上でしっかり組み合わせた。

「わたしも初めそう思ったの。だから、ハリファックスへ行ったのよ。もっともその前に、リッポンさんからマリアン・ウインタースは結婚してオーストラリアへ行ったはずだと聞いたけど。それも何かの間違いかしらね？」

「もって回った言い方をなさらずに、ずばりとおっしゃったらいかが？」アンはきっぱりと言った。

「ハリファックスでは二つのことがわかったわ。マリアンは一月二十五日に結婚してオーストラリアへ行ったこと。それと、アン・メトカーフという人が二年間働いていた病院を、一月末に辞めたこと」

こうなっては違うと言っても始まらない。アンは苦々しく言った。「ソレンソンさん、あなた、デヴイッドの奥さんになるより探偵になるほうがよろしいのではなくって?」

ソニアの頬にぱっと赤みがのぼった。「ご覧のとおりよ、デヴィッド。この人はお堅いウインタースさんじゃなくてアンよ。あなたの前の奥さんでジェシカの母親よ」彼女はアンを振り返った。「どう? まだ否定する気?」

「しないわ」アンは不意に疲れを感じ、椅子の背にもたれかかって目を閉じた。ジェシカの顔がしきりとまぶたに浮かぶ。デヴィッドにわかってしまった。ここを出て行かなくてはならないだろう。

ソニアがすねたような声を出した。「ねえ、デヴィッド、なんとか言ったら? この人はマリアンじゃなくてあなたの前の奥さんなのよ」

「違うよ、ソニア。前の妻じゃない……」

「そうよ!」

「終わりまで聞きなさい。前の妻じゃない。今現在も妻だ」

「そんなことどっちだって同じよ。どうせすぐに前の奥さんになるんですもの。居場所がわかったから、いつでも離婚できるわ」

「なるほどね」デヴィッドはいやに静かに体をかがめ、薪《まき》を継ぎ足した。

「だまされていたっていうのに、よくそんな平気な顔をしていられるわね!」ソニアはとげとげしく言った。「もう少し何か感じるかと思ったわ」

どこかおかしい。ソニアも気づいているとおり、デヴィッドは落ち着き過ぎている。

「どうしてそう簡単にだまされちゃったの?」ソニアはしつこく食い下がった。「一緒に暮らしていたんでしょ?」

「きみは最初から間違ってるんだよ、ソニア。彼女はだましてなんかいない。ぼくは一目見たときから誰だかわかっていたんだ」

一瞬部屋の中はしんとした。アンは立ち上がって椅子の後ろに回り、震えそうな手で背もたれをつかんだ。「どうしてわかったの?」

デヴィッドはばかにしたようにくすりと笑った。

「かわいいぼくの奥さん……」

「そんな呼び方しないで!」

「なぜいけない? ぼくの奥さんに違いないだろ?」彼の目は冷たく、冬の空を連想させる。

アンは折れて出た。「そうよ。でも、なぜわかったの?」

「ソニアも言ったけど、同じ屋根の下で暮らしたんだ。それもきわめて親しくね」デヴィッドはじろりとアンの体を見回した。「きみは四年の間に女らしくなった。昔はちょっとやせ過ぎだったけど……だが、何回も言ったとおり、きみほど足や足首のきれいな女《ひと》には会ったことがない。そこを見れば、すぐにきみだとわかるよ」

アンは顔を赤らめた。お世辞を言いながらもデヴィッドの口ぶりは妙にさめている。「それじゃ、ずっと知っていたのね?」

「もちろん」

ソニアが横からくちばしを入れた。「知ってってなぜ黙ってたの?」

「どういうことになるか興味があったのでね」デヴィッドはちらりとアンを見た。「きみが戻って来た理由も知りたかった。そのうちわかるだろうと思って待っていたんだよ」

「なぜ帰って来たか言う必要はないと思うけど、いずれにしてもあなたに会うためじゃないわ!」

デヴィッドはアンの唇に、それから胸に目を注いだ。「そうとは思えないときも一、二回あったな」

なんという屈辱だろう! 「あなたなんか大嫌い! ソニアと結婚するといいわ。お似合いですもの!」アンは身をひるがえして書斎を飛び出した。

自分の部屋に入ると、書斎で抑えていた涙がどっとあふれ出した。だが、ジェシカを起こしてはいけないと思い、声をしのばせて泣いた。目の前にはただ真っ暗な未来しかない。またしても娘との絆《きずな》を断ち切られてしまう。自らの夫によって。しかも、皮肉なことに今でもその夫を愛しているのだ。

その後三日間は何ごともなく過ぎた。書斎へ呼ばれるでもなく、解雇を言い渡されたり離婚届を突きつけられたりするでもなかった。第一デヴィッドはおおかたソニアと出かけていて、まともに顔を合わせもしなかったのである。こうしていられる日もあとわずかだろうと考え、アンは全身全霊をささげてジェシカの世話をした。

しかし、やはり辞めさせられる日の来るのは恐ろしく、夜もろくに眠れなかった。まどろんでも得体の知れない悪夢にさいなまれる。ごく小さな物音にもおびえ、食欲もなくなって、ディーダーが流感ではないかと心配し出した。病気にかかれ、流感が原因ならどれほどいいか！　病気にかかれば、心の苦しみから解放されるだろうに。

四日目、デヴィッドのところに訪問客があった。運転手つきのジャガーから細い縞《しま》の背広を着た白髪混じりの男が降りて来て、外で遊んでいたアンとジェシカに愛想よく挨拶《あいさつ》した。だが、アンはそれきり忘れてしまった。ジェシカがローバーを散歩に連れて行こうと言い出したからである。

再び訪問客のことを思い出したのは、夜になって階段でソニアとすれ違ったときだった。「やっと来たわね」彼女はにんまりして言った。

「誰が？」

「弁護士よ。今、デヴィッドと離婚の話の真っ最中だと思うわ」

いつかは来ると覚悟していたが、いよいよ現実になったと思うとくらくらした。アンはうろたえないように必死で気持を引き締めた。「失礼します。ジェシカが上で待ってるので」

三十分後、二階の窓からジャガーが出て行くのが見えた。話はまとまったのだ。アンには一言の相談もなかった。それが当然かもしれない。デヴィッドにとって、アンは単なる邪魔者でしかないのだから。

これで彼は晴れてソニアと結婚できるのだ。

アンは早く床についた。あきらめがついたせいか、久しぶりに夢も見ずにぐっすりと眠った。廊下の人声にも、車が出て行く音にも気づかずに。

「ねえ、いいことがあるの！　なーんだ？」朝、ジェシカがはしゃいでベッドにはい上がって来た。

アンは目をこすって目覚まし時計を見た。ずいぶん寝坊してしまった。「わからないわ。なあに？」

「ソニアが帰ったの！」

「まさか！」いつもならソレンソンさんと呼びなさいと言い聞かせるところだが、アンはそれさえも思いつかなかった。

「本当よ。ディーディーがテレンスに言ってたわ。『もう来ないのね。いい厄介払いだわ』って。いい厄介払いってなあに？」

「いなくなってよかった、ってこと。でも、聞き違いかもしれなくてよ、ジェス」

「ちゃんと聞こえたわ。怒って帰ったってディーディーが言ってたわ。お目当ての男性をつかまえられなかったから、ですって」

今さら言うのもおかしいが、アンはたしなめた。「人の話を立ち聞きするのはいけないことよ」

「ソニアのことが聞こえただけよ。つかまらなかった、って誰のこと？」

アンは答えに詰まった。「もうこの話はやめましょう。服を着ていらっしゃい。どっちが先に階下へ行くか競争よ」

もちろんジェシカのほうが早かった。後から下りて行ったアンは、デヴィッドがジェシカと食事しているのを見て足をゆるめた。けれど、逃げようもないので彼の視線を避けて食卓についた。

「おはよう、アン」

本当の名前で呼ばれるとどきりとする。「おはようございます」こうなったら勇敢に向かって行くしかない。「ソニアは帰ったんですって?」

「そうだよ」

「ずいぶん意外だこと!」

「ソニアにはね。ぼくは前からそのつもりだった」

デヴィッドは平然としていた。「ジェス、朝のうちスキーをしようか? パパは午後シャーロットタウンへ行かなくちゃならないから」

「本当? うれしい!」

「じゃ、テレンスにワックスをぬってもらいなさい。青いのがいい」

ジェシカが走り去ると、デヴィッドは台所のドアを閉めた。セーターと茶のコーデュロイのスラックスというくだけた服装の彼は、非常に男らしくしかもゆったりとがまえている。気もそぞろな自分に情けない思いを感じながら、アンはテーブル越しに彼の視線を受け止めた。

「きみもソニアも思い違いをしていたらしいな」

「思い違いって……なんのことを?」

「離婚はしない」

急にほっとしてアンは気が遠くなりそうだった。

「昨日みえた方は弁護士さんじゃないの? ソニアは離婚の話で来たんだって言ったけど」

「それはソニアの勝手な想像だ。彼はトロントにいる友達さ。離婚する気は全然ないと言ったら、ソニアはさっさと帰り支度を始めた。念のために言っておくが、ぼくは彼女と結婚するようなことを言った覚えはないんだよ」

アンは言うべき言葉も思い当たらず、黙って座っていた。

「きみは離婚したいんだね、アン？」どうやらデヴィッドはアンの沈黙を誤解したらしい。

「なぜそう思うの？」

「離婚したいから戻って来たんだろ？　離婚の根拠になるものをつかみたかったんじゃないのかい？」

「違うわ。その気があれば簡単にできたけど」

「なんのことを言ってるんだ？」

「ソニアと同じ寝室に入ったでしょう？」

「どうして？」

「あの……先週あなたはソニアと出かけたでしょ？　あの夜眠れなかったので、偶然わかっちゃったの。寝室のドアの音が聞こえたの。一つのドアの音だけだったわ」

「あれは、ソニアが腹立ちまぎれにドアを閉めた音だ。ぼくが彼女の寝室に入るのを断ったからだよ」

事実なのか……もっともらしい嘘《うそ》なのか……誰も証明することはできない。

「それを理由に離婚しようったってだめだよ。気の毒だが、結婚するときにぼくは絶対に離婚しないと言ったはずだ。今後とも気持は変わらない」

「どうしてわたしが離婚したがっていると決めつけるの？」

「それ以外に帰って来る理由がないからさ。ジョナサンの差しがねかい？」

「とんでもない！　彼は関係ないわ」

「信じられないね。ほかにどうしたいんだ？　ジェシカを引き取りたいのか？　それも見込みはないよ。四年もほうっておいて今さらそんなことを言っても、家裁は認めてくれないさ」

それほど卑しい女だと思われているのだろうか？　アンは思わずかん高い声を立てた。「わたしをなんだと思ってるの？　あなたからジェシカを取り上げようなんて考えてないわ！　あなたはともかく、わたしは親から子供をもぎ取るような残酷な真似《まね》はできないわ！」

「どういう意味だ？」

アンは口元をゆがめて苦笑した。「よくわかっているはずだけど」

そのときドアを叩《たた》く音がしてジェシカが台所から飛び込んで来た。「パパ、まだあ？」

部屋の中の空気はがらりと変わった。「よし、行こう」デヴィッドは娘ににっこりし、アンを一瞥《いちべつ》した。「話の続きはお預けだ」

アンとしてももちろんジェシカの前で言い合いなどしたくない。そこで見えすいた嘘をぶつけた。

「お話しできるのを楽しみにしてますわ」

午前中、アンはジェシカの服のつくろいなどをして過ごした。ここ数日のめまぐるしいできごとが脳裏をよぎる。デヴィッドに離婚したくないと言われたのはうれしいが、卑しむべき女に見られていると思うと腹が立つ。彼が二、三日留守にしてくれるといいのだが……。どうも息苦しくてならない。初めから全部見抜かれていたと知らされれば、それが当然だ。ところが、ジェシカが昼寝をしている間にまったく反対のニュースが飛び込んだ。

「テレンスとディーダーに二日ほど休みをあげたよ」デヴィッドは突然ダイニングキッチンで告げた。「ディーダーの妹が盲腸で入院したんだ。別に心配はないが、小さい子供が三人いるそうだから、女手が必要だろうと思ってね」

ずいぶん思いやりがあること！　とアンが心の中でつぶやいたのを察してか、彼はむっとした。

「ぼくは鬼じゃないぞ。人間らしいところだって多少はあるんだ」

「残念ながらわたしにはそう思えないわ」

「それはきみが悪女だからさ。だが、今はそんな話をしたいんじゃない。ディーダーがいない間、通いの家政婦を頼むけど、食事はきみが作ってくれるかい？」

「ええ、それが妻の役目ですものね」

「いい加減にしろ！」デヴィッドはこぶしを固めてどんとテーブルを叩いた。

言い過ぎたと知ってアンが謝ると、彼は直ちに表情を和らげた。一瞬とても疲れているように見え、慰めの言葉をかけたくなったが、そう思っているうちに再びいつものよそよそしい彼に返ってしまった。

「ぼくは出かけるから、夕食はきみたち二人で済ましてくれ」

「わかったわ」

「これからの予定は？」

「さあ……ジェシカと一緒にローバーを散歩に連れて行って、あとはトボガンで遊ぶくらいかしら。危ないことはしないわ」

「いずれにしても家の近くにいるね？」

「ええ」アンはひそかにどういうわけだろうといぶかっていた。デヴィッドは普段二人が何をしているかなどあまり気にしないのに。

「よし、出かけて来るよ。明日の朝ならスキーをする時間があるから、ジェシカにそう言っておいてくれ。それから、ディーダーに会っておくほうがいいな。何か用事があるかもしれないから」

デヴィッドはそのまま部屋を出て行った。アンは何かもの足りなさを感じた。なぜだろう？　彼が夫らしくキスしてくれるのを期待していたのだろうか？　さっきから感じていた不安が大きくふくらむ。今夜は、ジェシカが寝てしまえばデヴィッドと二人きりになるのだ。いやな予感がする。彼が帰って来る前に部屋に入ってしまおう。

ものごとは予定どおりに運ばないもので、目を覚ましたジェシカは思いがけないことを言い出した。

「あたし、ヘイリーさんちに行きたい。ねえ、アン、いいでしょ？」

ヘイリー家は一キロほど離れたところにあり、男の子が三人いていろいろな動物を飼っているという。ジェシカが遊びに行きたい気持はよくわかる。「まず電話をして、それから行きましょう」

「電話しないほうがいいの」ジェシカは茶目っけをのぞかせた。「びっくりさせると喜ぶから」

二人は間もなく暖かいスキースーツに身を固めて出かけた。目ざす家は、道路からかなり奥まったところに建っていた。かえで並木の長い庭内路や、たくさんの家畜小屋、白いペンキをぬった建物、柵囲《さく》いなどを備えた農家風の家である。

本当にいきなり来てよかったのだろうかと思いながらベルを押すと、赤毛の娘がドアをあけて愛想よく言った。「あら、ジェシカ。入って。みんな二階で遊んでるわ」それから彼女はアンにほほ笑みかけた。細面の顔が、せん細な美しさを感じさせる。

「わたし、ジェニー・ヘイリーです。初めまして」

「マリアン・ウインタースです。どうぞよろしく」

「でも、あたしアンて呼んでるの」ジェシカが割って入った。

「じゃ、わたしもそう呼ぶわ。どうぞこちらへ。あなたがメトカーフさんのところにいらしたと聞いて、お目にかかりたいと思っていたのよ、アン」

ヘイリー家の家族は、ジェニーの兄ビル、妻のマージョリー、十歳から五歳までの男の子三人である。マージョリーは脊柱《せきちゅう》の手術をしたあとで、まだ部屋の隅の簡易ベッドに横たわっていた。三十代半ばで、やつれてはいるが静かな美しさをたたえる顔とやさしい物腰がとても魅力的だ。ジェシカはたちまち子供たちとどこかへ行ってしまい、ジェニーはアンをマージョリーのそばに座らせてお茶を入れに立った。

「訪ねてくださる方があるとうれしいわ」マージョ

リーは温かい口ぶりで言った。「ほとんど寝たきりなので一日が長くてね。ジェニーがよくやってくれるので助かるけど、あの子のほうは絵をかく時間がなくてかわいそうだわ」

「あら、絵をかいていらっしゃるんですか？」

「ええ。とてもいい絵をかくのよ。身内のひいき目かもしれないけれど。西海岸でいい仕事があったのに、あきらめてここへ手伝いに来てくれたの」

「見せていただけるかしら？」

「もちろんよ。言ってごらんなさい」

早速台所にいるジェニーに頼むと、そこのテラスに並べてあるからご自由に、と言ってくれた。見ているうちに、アンはわくわくしてきた。ジョナサンと付き合っていたおかげで絵のことは割によくわかる。ジェニーの絵には才能のひらめきが感じられるのだ。写実的な描き方でこまやかな神経が行き届いており、平凡な画材が目を見張るように美しく生まれ変わっている。

居間に戻ってお茶を飲み始めたとき、アンは率直に言った。「ねえ、ジェニー、わたしの知り合いがハリファックスで画廊をやってるの。彼にあなたの絵を見せてみない？　何も約束はできないけれど、きっと興味を持ってくれると思うわ」

ジェニーは妖精《ようせい》のような顔を輝かした。「本当に見に来てくれるかしら？」

「大丈夫。明日電話するわ」

「ありがとう！　うまく行きますように！」ジェニーはカップをかざし、急いでお茶を飲んだ。「ちょっと失礼するわ。今、静物の絵にかかっているんだけど、明るいうちにかきたいの」

マージョリーと二人でおしゃべりをしていると間もなく、主《あるじ》のビルが戻って来た。金髪の大きな男で、年は四十歳前後だろう。その態度には妻への愛情があふれている。マージョリーはアンを彼に紹介し、アンが持ち出した話を伝えた。

「それはいい」ビルはアンににっこりした。「ジェニーのために乾杯だ。シェリーでもどうです？　今夜はうちで食事して行ってくださいよ」

「いえ、どうぞおかまいなく」

「主人はお料理が自慢なの」マージョリーが笑って言った。「あとでお皿洗いを手伝わされるでしょうけど、食べて行って」

「でしたらお言葉に甘えて」アンはそれ以上断れなかった。気さくな一家に囲まれているのはとても楽しい。ジェニーとビルが用意してくれた夕食は、ほたての貝のフライにサラダと焼きたてのロールパン、デザートはホイップクリームをたっぷりのせたいちごのショートケーキ。どれもすばらしくおいしかった。アンは皿洗いを買って出、食後は皆でトランプに打ち興じた。ふと時計を見ると九時過ぎだ。「大変！　寝る時間を過ぎちゃったわ、ジェシカ。早く帰らなくちゃ」

すぐにビルが車で送ってくれたが、帰り着いたときは九時半になっていた。家にはこうこうと明かりがともっている。デヴィッドは意外に早く帰って来たらしい。裏口でジェシカのスキースーツを脱がせていると、背後でデヴィッドの声がした。「お帰り。どこへ行ったのかと思ったよ」彼の声には普段と違うものが感じられ、アンはどきっとして目を上げた。

だが、何も気づかないジェシカは眠そうにあくびをしながら一生懸命報告した。「ヘイリーさんとこへ行ったの。男の子たちが子猫を見せてくれたわ。小屋にいくつもいるのよ。ねえ、パパ、だっこして上へ連れて行って」

「よし、ベッドへ入れてあげよう。アン、後でちょっと話がある」

まったくの命令口調だ。アンは反発を感じた。

「疲れているので、よかったらすぐ休ませてほしいんですけど」

　ジェシカの頭越しにには彼の青い目がきらりとした。

「あいにくとよくないんだ。時間はかからないから心配しなくていい」彼はジェシカを見て声を和らげた。「アンにおやすみを言いなさい」

　デヴィッドに抱かれているジェシカにキスをする気にはなれない。アンはとっさに口走った。「後からすぐお部屋へ行くわ、ジェス」

　部屋に入ったときジェシカはすでに毛布にくるまっていて、アンにキスしたあと、もう一度デヴィッドにキスをした。「うれしいわ。パパとママがいるみたい」自分の言葉がどれほどの衝撃を与えるか、ジェシカは知らない。アンはデヴィッドから目をそらし、足早に部屋を出た。わたしは母親なのに、母親として生きることをデヴィッドに拒絶されたのだ……。すぐ後ろで彼の足音がする。二人は前後して書斎に入った。

「ヘイリーさんのところに行くって、どうして朝言わなかったんだ？」

「そのつもりじゃなかったのよ。午後になってジェシカが言い出したの」

「それならメモぐらい残して行ったらどうだ？」

「あなたは遅くなるということだったし、わたしたちはすぐ帰るつもりだったんですもの。向こうで引きとめられてお食事していたのよ」不意にデヴィッドを傷つけたくなった。「本当の家族ってどういうものか、ジェシカに見せてあげられてよかったわ」

「口が過ぎやしないか？　ぼくの立場にもなってみてくれ。八時半に帰ってみたら家の中は真っ暗で、きみたちの行き先も見当がつかない……」

「わかったわ」突然彼の考えたことがぴんときた。「あなた、わたしがジェシカをさらって出て行ったと思ったのね？」

「そう思うのも無理はないだろう？　四年前のこと

を考えれば、何かよからぬことをたくらんで戻って来たと解釈したくもなるさ」

「わたしのことをそんなに悪く思っていたなんて……」アンは泣きそうになって声を震わせた。

「泣いてごまかそうとしてもだめだよ」

「泣くものですか、あなたのためになんか！　もう侮辱されるのはたくさんよ。休ませていただくわ」

「それなら、夫としてキスをさせてもらおう」

アンは目を大きく見開いて後ずさりした。「いいえ、結構よ。お断りするわ」

「ぼくはまだきみの夫だよ。忘れないでくれ、アン。キス以上のことを要求してもおかしくないんだ」デヴィッドはあっという間にアンとドアの間に立ちふさがった。「こっちへおいで」

アンは蛇に見入られたうさぎのように、足がすくんで動けなかった。「いやよ……」

「来ないならこっちから行く」

一歩一歩彼が近づくにつれ動悸《どうき》が激しくなり、アンは恐ろしさに気分が悪くなりそうだった。やがて力強い腕が体に巻きつき、しっかりと唇が重なるのを感じた。止めようもなく体が震え出し、座り込んでしまいそうだ……。

そこでデヴィッドはぐっとアンの体を押しのけ、口を一文字に引いた。「無理やり女を自分のものにする趣味はない。さっさと部屋へ行ってくれ！」

アンは急いで寝室に逃げ込み、ベッドに身を投げて呼吸を整えた。一人になってみると、あれほど怖がることはなかったように思える。だが、デヴィッドの目に宿っていた憎しみの影が、じわじわと身に迫ってきて息苦しい。

いつ部屋の前で足音がするか、いつ男の手がドアのとってを回すかとびくびくし、その夜は長いこと寝つけなかった。

9

目が覚めたときは明るい日ざしがベッドの上に差し込んでいた。ジェシカもまだ起きていないのだろう。朝になってみれば、昨夜は根拠もないのに怖がっていたように思える。デヴィッドは本気でアンの体を求めるつもりなどなく、ただ脅してみただけなのだ。二度とあんなことをされないように気をつけなくてはいけない。

昼食が済んだときに初めてジェニーとの約束を思い出し、台所に入ってジョナサンの画廊に電話をかけた。いい具合にジェシカは休んでいるし、デヴィッドは書斎で仕事中である。

「アン！　元気かい？　よく電話してくれたね！」

うれしそうなジョナサンの声を聞いて急に心が明るくなった。「元気よ。とてもいやなことがあったけど、今日はそれで電話したんじゃないの。近所に絵をかいている若い女の人がいるのよ。ジェニー・ヘイリーっていう人。昨日二十点くらい見せてもらったんだけど、すばらしい絵なの。ぜひあなたに見せたいのよ。こっちへ来られない？」

「すばらしいっていうのは確かかい、アン？　どんな技法をとってるんだ？」

話は専門的になったが、結局ジョナサンはアンの熱意に負けて承諾した。「たまたま明日の午後は暇なんだ。取り消しになった約束があってね。空港に着いたら電話するよ」

「よかった！　ありがとう、ジョナサン。きっとあなたにも喜んでもらえると思うわ」

彼はくすりと笑った。「きみの目を信用するよ。大分ぼくと一緒にいろいろな絵を見てるから」

「まあ、うぬぼれてるわね！」アンはふざけて言った。「それじゃ、明日」

電話を切ってからも、アンは顔をほころばしていた。やはりジョナサンは頼りになる。いい人……彼が絵だけでなくジェニーにも引かれるとすてきなのだけど……。

「誰と話してたんだ？」デヴィッドの声がした。

アンはくるりと振り向いた。「ジョナサンよ」

「明日会うのかい？　どこで？」

「立ち聞きしてたのね！」

「偶然聞こえたんだよ。それより返事は？」

「明日の午後、彼がこっちへ来るの」

「ぼくがひどいことをするって泣きつくわけか？」

「違うわ。そんな……」

「アン、はっきり言っておくが、きみはぼくの妻だ。これから先もね。ジョナサンにそう言いなさい。わかれば彼もきみにまつわりつくのをやめるだろう」

今本当の事情を話したら、くだらないことをすると笑われそうだ。どうなりと勝手に解釈させておこう。もう、さんざん悪く思われているのだ。

「ぼくはジェシカが起きたから行ってやってくれと言いに来たんだ」

アンは反射的に口走った。「わたしにジェシカを預けたりしていいの？」

「きみはジェシカに悪いことはしない。これだけは確かだ。そうでなかったら、とっくに出て行ってもらってる。そうさ。きみはあの子を愛してるんだ」

戸惑いながらも妙に元気が出て、アンは前から気になっていたことを持ち出してみた。「わたしたちが夫婦だってことを、ジェシカに言うつもり？」

「いや、今はまだ黙っていよう。言いたいんだが……」彼は疲れたように肩を落として言葉を切った。

「きみにきいてみたところで始まらないな」

「デヴィッド……」

デヴィッドは、アンの声が耳に入らなかったかのように「書斎にいるから用があったら呼んでくれ」と言って背を向けてしまった。

話し合えそうだったのに……二人の間に立ちはだかっている壁を崩せそうだったのに……アンはため息をついた。

再びデヴィッドの顔を見たのは夕方近くになってからだった。アンとジェシカは外に出てせっせと雪のとりでを築き、台所で湯気の立つココアを飲みながら夕食の相談をしていた。澄んだ赤のスラックスにグレイと赤のセーターを着て、髪をとき放って頬を上気させているアン。同じくばら色の頬をして目を輝かしているジェシカ。デヴィッドを見上げた二人は胸が痛くなるほどよく似ていた。彼は、冷たいわびしげな陰を漂わせ、しばしその場にじっとたたずんでいた。

「パパ、明日新しいとりでを見てね。すごく大きいのよ！　ねえ、晩はホットドッグとフライドポテトがいい」

デヴィッドは顔をしかめた。「おいしいステーキとベークドポテトとサラダにしないか？　それと、ディーダーが冷蔵庫に入れておいてくれたシュークリームがあるんだ」

「あら、そんなこと聞かなかったわ」アンは冗談ににらんで見せた。

「そりゃ、ぼくだけの秘密だもの」デヴィッドの青い目が明るく笑っている。「だけど、ちゃんと分けてあげるんだからいいとこあるだろ？」

三人ともいっせいに笑い出した。

「黙っていれば一人で食べられるのに、パパったらおばかさんね」ジェシカがくすくす笑って言った。

「お前は大人をこきおろすおしゃまさんだ」

「なんのこと？」

デヴィッドはジェシカの頭をなでた。「ジェスが好きだってことさ」

「あたしもパパ好き！　アンも好きよ。ずっとずっといつまでもアンがいるといいわ」

デヴィッドは体を固くしてじっとアンに目を注いだ。「どうかな？　いてくれるかもしれないよ」

「アンをパパのお嫁さんにしたら？」ジェシカは真剣な顔つきで言った。「そうしたら、ずっといるようになれるんでしょ？」

「そうだ。だけどそれは大人同士の話だよ、ジェス。さ、じゃがいもの皮むきを手伝ってくれ。アンはサラダだ」

デヴィッドの目が、無言のうちに語りかけてくる。ジェシカのためにずっとずっといつまでもここにいてくれ、と。それとも、そんな気がするのは単なる幻想なのだろうか？

デヴィッドは不意ににっこりした。力と魅力にあふれた笑顔だ。「ステーキの焼き加減は男のぼくに任せてもらうよ」

「まあ、女性をばかにする気？」アンは冷蔵庫をあけようとしてデヴィッドの横をすり抜けた。と、彼の手がしっかりとウエストをつかまえた。とたんに胸がどきどきし始める。

デヴィッドはアンの鼻の頭にそっとキスをした。

「ありがとう」

何に対して？　アンはいぶかった。いがみ合いをやめたから？　家族的な雰囲気を分かち合えたから？

二人は同時にジェシカが目を丸くしておもしろそうに見ているのに気づいた。アンは頰を染め、デヴィッドは急いで言った。「今じゃがいもを持って来るからね、ジェス。腕まくりをしなさい」

その後の二時間ほどは、いつまでも忘れられない楽しいひとときになった。何度笑顔を交わし、体を触れ合っただろう？　デヴィッドが度々肩に手を置いたのも、決して偶然ではない。ワインを注いでもらったときには彼の指が触れ、そのぬくもりが肌に焼きついた。きみが欲しいと言いたげな彼の目……アンは体中が熱くなり、あわててまばたきしながら目を伏せた。燃える思いが、きっと彼にも伝わったに違いない。

「ステーキが焦げてるわ、パパ」

アンは直ちにデヴィッドから離れ、ワインに口をつけた。幸い、幼いジェシカはこの場に漂っている妙な空気には気づかない。ダイニングキッチンでテーブルをセットし、ろうそくをともすと、デヴィッドがサラダボウルを持って入って来た。

ろうそくの光を受けて神秘的に輝くアンの目を、デヴィッドは食い入るように見つめた。「きみを抱きたい！」彼は低い声で言って、アンの丸みを帯びた胸や腰に視線を移した。着ているものを脱がされていくみたいで、アンは甘美なスリルに溺《おぼ》れ、我知らずそっと唇を開いた。デヴィッドは静かに言葉を継いだ。「きみもぼくと同じ気持のはずだ」

もちろんそれは否めない。アンは小声で言った。「お台所へ戻ったほうがいいわ。ジェシカがどうしたのかと思ってるんじゃない？」

「あの子はぼくたちにとってかけがえのない娘だが、今だけはどこか遠くへ行っててもらいたいよ」

〝ぼくたち〟という言葉にぐっと胸が迫り、アンはきびすを返して台所に逃げ込んだ。ジェシカがそばにいてくれてよかった。いなかったら、デヴィッドに対して燃え上がる炎をとても抑え切れない。気持を静めようとして彼のひどい仕打ちを思い起こしても、それさえ遠い夢の中のできごとに見える。

食事はとてもおいしかった。片づけが済んでからは書斎で暖炉を囲み、ジェシカがぬり絵で遊んでいる間アンとデヴィッドはとりとめのないおしゃべりをした。やがてデヴィッドに寝る時間だと促されると、ジェシカは大人二人をかわるがわる見て言った。

「二人でお話読んで。ね？」

「油断してるとすぐにつけ込むんだから！」デヴィッドはくすりと笑った。

ジェシカはどういう意味がわからないらしく、きょとんとしてきいた。「パパもつけ込む？」

「そうさ」彼は真っ直ぐにアンを見て答え、それから膝をついてジェシカに言った。「ほら、おいで。肩車して行ってあげよう」

ジェシカは大はしゃぎでデヴィッドの肩に乗り、豊かな髪の中に手を埋《うず》めた。アンはまたしても胸がいっぱいになった。たとえ出て行けと言われても、デヴィッドからジェシカを奪って行くことはできない。

ジェシカを熊のプーさんと一緒に寝かしつけ、二人は書斎へ戻った。しかし、さっきまでの打ちとけた気分はどこかへ消えてしまい、アンは何を話したらよいかもわからなかった。

デヴィッドは薪《まき》を継ぎ足して暖炉のかたわらに立ち、アンは膝を折ってソファーに体を沈めた。森閑とした空気が重苦しい。レコードでもかけてくれればいいのに。

しばらくデヴィッドは燃えさかる炎を見下ろしていたが、やがて目を上げ緊張した面もちで口を開いた。「アン、きみが帰って来たわけを聞かせてくれ。四年も音沙汰《さた》なかったのに、なぜ突然戻って来た？ぼくなりにいくつか理由を考えてみたが、本当のことを知りたいんだよ」

アンは膝の上で手を握り合わせ、彼の声の調子や体の動き一つ一つに神経をとがらしていた。

「初めは金が欲しいのかと思った」アンが違うと言いかけると、彼は急いでたたみかけた。「ちっとも悪いことじゃない。女が一人で生きて行くのは大変なことだ。それに、なんと言ってもきみはぼくの妻なんだから、金を要求してもおかしくはない」

「お金が欲しいんじゃないわ！　豊かではないけど、どうにか生活できるんですもの。それで充分よ」

「そうか。離婚したいからでもないと言ったな？」

「ええ、離婚が目的じゃないわ」

「だが、ジョナサンはきみを愛してるんだろ？」

アンは目を伏せた。「そうよ」

「結婚を申し込まれたのかい？」

ひるんではいけないと、アンはデヴィッドの冷たい目を見返してうなずいた。

「ということは、離婚が必要になるわけだ」

「彼が結婚したいと言ったからって、わたしが承諾するとは決まってないのよ」

デヴィッドはちらりと笑い声を立てた。「それはそうだ。よし、離婚が目的じゃないと言うのなら、なんのためにストーナウェイに来たのか教えてもらおう」

その返事に自分の一生がかかっているような不思議な緊張感を覚え、アンはどうかデヴィッドがわかってくれますようにと、ひそかに祈った。四年間心をむしばんできた苦しみがいやされさえしたら！

「わたし、ジェシカに会いに来たの」

「きみに母性愛があるのは認めるよ。だが、今となっては手遅れじゃないか？」

「わたしに罪はないわ」

「違う、きみが悪いんだ。ジェシカはもう四つだよ。今ごろどうして急に会いたくなった？　その上、マリアン・ウインタースに化けたりして……あれは一体なんの真似《まね》だい？」

「本当のわたしとして訪ねて来たら、ジェシカに会わせてもらえないんじゃないかと思ったのよ」アンは苦笑いした。

「そのとおりだな。アン・メトカーフとして現れたら、そう簡単にはここへ入れなかったはずだ。それはいいとして、四年たって母性愛に目覚めた理由のほうを説明してもらおう」

「ふざけないでちょうだい、デヴィッド！　なぜわたしがいなくなったか、あなたは百も承知しているはずだわ」

「いや、一向にわからないね。生まれて一週間にもならない子供を見捨てて――言うまでもなく夫も捨てて蒸発するような女は、鞭《むち》打ち刑に遭ってもいいくらいのものだ」

「子供を見捨てたなんてとんでもないわ！」

「看護師がいない間にこっそり逃げ出して、行方をくらましたんじゃなかったのかい？」

「そうよ、でも……」

「よくそんなことができたな！　ぼくたちは一時あまりうまくいってなかったが、娘が生まれたとあればまた幸せな結婚生活が返ってきたかもしれないのに。あのころぼくはまだきみを愛していたんだから」

最後の言葉は鋭くアンの胸に突き刺さった。「確かに、うまくいってなかったわ。あなたはジェシカの父親まで疑ったのよ。わたしは一度だってそんなことをしてないのに」

デヴィッドは深く息を吸い込み、ゆっくり言った。「ぼくも本気で疑っていたわけじゃない。あれはみんなぼくたちの浮わついた生活のせいだ。パーティーだとか人の出入りだとかが多過ぎた」彼は近寄って来てアンの手を取り、立ち上がらせた。「すまなかったと思ってるよ、アン」

アンは手を引っ込め、後ずさりした。そんなことを謝るなんて、見当違いではないか。「それだけならすぐに許せるわ」

「ほかにぼくが何をしたんだ？」

「やめて！　あんな残酷なことをしておいて何を言うの！　そのためにわたしは今までジェシカのこと

も知らないで……その時間はもう永遠に取り戻せないのよ」涙が頬を伝わって流れ落ちた。

デヴィッドは穏やかに言った。「四年前と同じようにまたわけがわからなくなった。ぼくはそんなひどいことをした覚えはないよ」

「二度とわたしに会いたくないって言ったわ！」

「そばへ来るなと言ったのはきみのほうだ！」

「それに、子供が死産だったなんて嘘《うそ》を言って……」アンはソファーに沈み込み、手で顔をおおって肩を震わせ涙にむせんだ。

デヴィッドは容赦なくアンの手を引き下ろした。

「そんなばかげたことを言うものか！」

「言ったわ！」

「言ったはずはないだろ？ きみが病院に入ってから、ぼくたちは顔を合わせてないんだよ」

アンは涙にかすむ目を上げた。そう言えば、その話を直接伝えたのは義母のクレアだった。デヴィッドではない。長い間デヴィッドがそう言わせたのだと思っているうち、デヴィッドからじかに聞いたように考えてしまっていたのだ。

「ええ、わたしたちは会わなかったわ。あなたは自分で嘘をつく勇気がないもので、お母さまに言わせたのでしょう？」

「さっきと話が違うな。今度は母だって言うのかい？ どうもきみの話はわかりにくい」

アンはかっとして食ってかかった。「とぼけないで！ 今ごろになって自分のしたことが恥ずかしくなったの？」

デヴィッドは冷たくきっぱりと言った。「ぼくはジェシカが死んだなんて言わなかったし、母に言わせたりもしなかった」

「嘘！」

「アン、冷静に聞いてくれ。ジェシカが生まれたとき、きみはやっと二十歳《はたち》の若さだった。病院に入ったときは体の具合が悪かった上に、ぼくは出張でついていてあげられなかった。心細くなったり、子供を育てる自信がなくなったりしても、きみをせめることはできない。ただ、なぜぼくに連絡してくれなかったんだ？　せめて子供がどうしてるか……」

「あなた、わたしが言ったこと全然信じてないのね？」アンはがっかりして立ち上がった。何を言ってもデヴィッドは本気で聞いてくれないのだ。「もういいわ。おやすみなさい」

「またぼくから逃げて行く気かい？」

「そう思いたければ勝手に思うといいわ」

アンは倒れ込むようにベッドに横たわった。疲れ切っていて考えごとをする気にもなれず、すぐに夢の世界を漂い始めた。誰かの手が肩から背中、腰へと移っていく。ゆっくりとやさしく、今度は胸を包み込む……全身が温かくなり、甘くとけてしまいそう……体の奥のほうから熱いものがわき上がってくる。夢うつつで寝返りを打つと、脚にさわったのは引き締まった腿！　アンは、きゃっと小さい叫び声を立てて目をあけた。

「怖がることはない。ぼくだ」

まだ意識がはっきりしない。何ごとだろう？

「何をしてるの？」

デヴィッドはおかしそうに答えた。「言うまでもないじゃないか」

夢ではなかったのだ。さっきから体を燃やしていた手の主はデヴィッド……「出て行って！」アンはジェシカを起こさないように声を抑えて言った。

「ぼくはここにいて当然なんだよ」

「デヴィッド、やめて。わたし、いやよ……」

「いやじゃないはずだ」

アンは唇をかんだ。なんとかしてこの場をのがれなくては。「あなたはわたしが帰って来た理由を気にしているけど、断じてこういうことをしたいからじゃないわ。わたしたちの結婚は本物じゃなかったのよ。法律上夫婦ってだけ。最初から愛し合ってなかったんですもの」暗さに目が慣れ、デヴィッドの姿が見える。上半身裸で、肘をつき頭を起こしてこちらを見ている。「あなたはわたしを愛してないわ。わたしのことを、子供を捨てるような見下げ果てた女だと軽蔑《けいべつ》してるんでしょ？　それなのになんてこと！　あなたこそ軽蔑すべき人間だわ」

「欲しいと言わずにきみに引きつけられていると言えばいいかい？　きみの体は実にきれいだし、ぼくは普通の男なんだから、それが当たり前さ」

「人間には動物的欲望以上のものがあるはずよ。出て行ってちょうだい。わたし、いつまでもジェシカのお世話をしますし、離婚も要求しないわ。それでいいでしょ？」

「いやだ」ぽつりと言った彼の一言が、妙にいつまでも尾を引いた。

月の光が銀色の帯となってベッドの上に流れ込んでいる。デヴィッドの目は陰に沈み、口は彫刻のようにくっきりと冷たく浮き上がって見える。アンは、いざとなったらジェシカの部屋に逃げ込もうと毛布の下で身構えた。しかし、行動を起こす以前にデヴィッドの手がきつく手首をつかんだ。ローバーの足をはさんでいたわなを思い出す。「痛いわ」彼に引き寄せられるのを感じながら手をひねったり脚をばたばたさせたりしたが、むだな抵抗だった。毛布がはだけ、月明かりの中でアンの脚が大理石のようにほの白く光るだけだった。

「きれいな肌！　きみはすばらしい」デヴィッドのささやきが耳をくすぐり、手が肩を抱き寄せる。もがいていた脚は彼の腿に押さえられ、胸は彼の固い体に押しつけられていく。

「だめよ、デヴィッド……」

デヴィッドの熱い唇がアンの言葉をさえぎり、彼の手が再び体をすべり始めた。アンは必死で抗《あらが》ったが、かえってデヴィッドを刺激するだけだった。彼の体の重みを感じ、彼が熱く燃えているのを知ると、アンの体の中にも炎に似たものが燃え上がり、不意に逃げようとする気持がなくなった。もう、どうなってもいい。何もかも……。ネグリジェが引き下ろされていく。胸があらわになり、彼の胸毛が触れる。甘美な喜び……やがて彼の唇がアンの唇を開かせ、手が体中をまさぐった。高まる気持を抑え切れず、アンは体を弓なりにそらしてデヴィッドの背を愛撫《あいぶ》した。この喜びを彼にも与えたい。二人で分かち合いたい。あらゆるものははるか彼方に去り、止めようもなく恍惚の渦の中に巻き込まれていく。何もわからない。ただ、遠くでデヴィッドの叫びを聞いたような気がする……。

二人は体を寄せ合ったまま横になっていた。デヴィッドは頭をアンの胸にのせかけ、静まりいく心臓の鼓動を聞いている。もはや言葉はいらない。髪の毛を枕《まくら》の上に流し、アンはてのひらを上に向け、軽く手を握って目をつぶった。四年間の空白がデヴィッドの狂おしい愛の行為で満たされた今、幸せの波がひたひたと押し寄せ、平和な海を漂っている思いがする。

目が覚めたのは明け方だった。月が消え、明けそめた空の薄明かりだけが窓の外に広がっていた。深い深い眠りから次第に意識が戻ってくると、昨夜と何かが違っているのに気づいた。手を動かしてみる……誰もいない。デヴィッドは？　あれは夢だったのだろうか？　愛するあまり、恋しいあまり、彼の幻想を見ていたのだろうか？

だが、毛布の端はめくったままになっていて、枕には頭の跡が残り、ネグリジェはベッドの脇《わき》に脱ぎ捨てられている。

アンは毛布を引き寄せ、枕に顔を埋めた。夢ではない。すべて現実だったのだ。デヴィッドは昨夜このベッドにいた——大胆に応《こた》えた自分を思い出すと頰が熱くなる。彼は恋人のように熱っぽく抱いてくれたが、愛という言葉は一度も口にしなかった。欲しいものを奪い取り、アンを一人残して去って行ったのだ。昨夜彼とともに味わった喜びは偽りの喜び……愛のない喜び……その空《むな》しさに、かつてないほど胸がうずく。知らぬ間に涙が流れ落ち、枕をぬらしていた。打ちのめされた思いになり、ため息をついてまぶたを閉じる。なぜ戻って来た？　デヴィッドは繰り返しそうたずねた。それがどういう結果をもたらすか、もっとよく考えるべきだった。アン自身、自らになぜ帰って来たのか問わなければならなかったのだ。ジョナサンが忠告したように、夫のもとへ戻るということは苦痛と失意を味わうだけだったのかもしれない。

10

デヴィッドとジェシカが台所で朝食の支度をしている。階下へ下りたアンは勇気をふるい起こして中に入った。「おはよう、ジェシカ」いつもと同じ温かい口調で言ってから、口ごもりがちにつけ加える。「おはようございます……デヴィッド」

デヴィッドの目は素早くアンの体を見回した。今朝のアンは古ぼけたスラックスとゆったりしたセーターを身に着け、髪を小さく後ろでまとめている。だが、デヴィッドの目に浮かんでいるのは、何もまとわず彼のかたわらに横たわっていたアンなのだ。

アンはぱっと赤くなってたずねた。「朝食は何？」

「ベーコンエッグよ」ジェシカが答えた。

「あら、そう？」アンはそわそわしてごまかした。

「朝のキスがまだだわ」

するとデヴィッドの太い声が割って入った。「そのくらいお安いご用だ。ジェス、これ持っててくれ」彼はへら《スパチユラ》をジェシカに渡した。

「そんなつもりじゃ……」

デヴィッドは有無を言わせずしっかりと唇を重ね、その上髪をとめているピンを引き抜いた。ジェシカが見ているので、アンはもがくこともできない。

「このほうがいい」デヴィッドは、アンの肩に流れる髪を見て言った。「そう思わないか、ジェス？」

「思うわ。きれいですもの」ジェシカは大人ぶって答えた。「パパ、ベーコン焼けたわよ」

二人が金髪の頭を寄せ合っているのを見ながら、アンはテーブルの用意を始めた。あまりデヴィッドとジェシカの間に割り込んではいけない。朝の日が暖かく流れ込むダイニングキッチンへ食器を運んでいるうち、またしても自分の居場所はここしかないとはっきり感じた。何があっても、ジェシカとデヴィッドのそばにいたい。デヴィッドを愛している。いくら惨めな立場に置かれたとしても、離れて暮らすよりはここにいるほうがいいのだ。

「アン、卵が焼けてるう」ジェシカが台所から呼びかけた。

アンは我に返り、気持を引き締めて台所に入った。

「ちょうどいいわ！」

ジェシカはアンに頭をすり寄せてきた。「一緒にお料理するの好き。うれしい」

小さな体、柔らかいきれいな肌……なんてかわいいのだろう！　アンはふと涙が出そうになり、ぐっとジェシカを抱き締めた。ジェシカは何も気づかないようだったが、デヴィッドは眉をひそめて見下ろしていた。

食事が終わるころ、不意にデヴィッドが言い出した。「ジョナサンは何時ごろ来るんだ?」

「三時ごろだと思うけど。空港から電話をくれるはずよ」

「ぼくは調べものがあるので図書館へ行きたいんだ。ジェシカを頼んでいいかい?」

デートの邪魔だとでも思ってるのかしら? アンは茶目っけを起こした。「いいわよ。ジョナサンは子供が好きですもの」

「それなら早く奥さんをもらうことだな」デヴィッドは席を立った。

ジョナサンは三時半にレンタカーでやって来た。行き先を書いたメモを残し、アンはジェシカを連れて車に乗り込んだ。ヘイリー家に入って行くと、トボガンで遊んでいた子供たちがジェシカを手招きした。アンは、斜面をかけ上がって行くジェシカの後ろ姿を見守った。

「きみは前より……充実感を感じているみたいだね」かたわらでジョナサンが言った。

「そう。やはりわたしの落ち着く先はここなのね」

「よかれ悪しかれか?」ジョナサンは、もうアンの心が動かないと悟ったようだ。

「中へ入りましょうよ」アンは彼を促したが、急に心配になってきた。もしジョナサンがいい絵だと思わなかったら、ヘイリー家の皆に申し訳ない。

この前と同様、ドアをあけたのはジェニーだった。魅力的な顔と大きな目に真剣な表情を浮かべ、彼女は二人を迎え入れてマージョリーに引き合わせた。挨拶《あいさつ》が済むとジョナサンはビジネスライクに切り出した。「早速ですが、絵を拝見できますか? どこで勉強なさいました?」ジョナサンとジェニーはアトリエに姿を消した。

マージョリーとお茶を飲みながらどきどきして待つこと一時間。やっと二人が深刻な顔をして出て来た。だめだったらしい。アンはしゅんとしてしまった。ところが、待っていた二人の心配そうな顔を見て、ジェニーはにっこりとチャーミングに笑いかけた。あの笑顔の美しさがジョナサンにわからないはずはない。「ジェニファー・ヘイリーの個展が開かれるのよ！　ノヴァ・スコシアのハリファックスで、三月十五日から。マージョリー、ジョナサンはわたしの絵をほめてくれたわ。夢みたい！」

もうジョナサンて呼んでるわ。アンはうれしくなった。ちょうどビルが戻って来て、家の中はお祝いの言葉でわき返った。間もなくジョナサンはヘイリー家で食事することに話がまとまったので、アンは先に帰ることにした。「送っていただけるかしら、ビル？　夕食までに戻るってデヴィッドに言ってあるので」

「どうしても帰るのかい？」ジョナサンが横からきいた。

「ええ、あなたはご馳走《ちそう》になっていって、ジョナサン。ビルのお料理ってすばらしいのよ！　ジェニー、よかったわね、うれしいわ」

帰宅したとき、すでにベンツは家の前に止めてあった。ジェシカに着替えをするように言い、アンはとりあえず書斎に顔を出した。

「帰ったのかい？」デヴィッドは無表情だった。

「メモに夕食までに帰るって書いておいたのよ。見なかったの？」

「見たよ」彼はサイドボードに歩み寄り、シェリーを二つのグラスに注いだ。「ジョナサンは？」

「ヘイリーさんのところでお食事してるわ」

「きみに会いに来た人を、よその家に置いて来たりしていいのかい？」

急にアンはおかしくなった。「あの家にはジェニー・ヘイリーっていう女流画家がいるの。わたしはジョナサンを連れて行って彼女の絵を見てもらったのよ。とてもいい絵だったから。思ったとおり、ジョナサンも気に入ってくれたの！　彼の画廊で個展を開くんですって！」

「ジェニーか……確か一度会ったことがあるな。ちょっと魅力的な娘じゃないかな？」

「ちょっとじゃないわ。すごく魅力的よ！」

「どういうつもりだい？　ジョナサンが彼女に夢中になったら困るんじゃないのか？」

「夢中にならなかったら困るわ」

デヴィッドはがちゃりと音を立ててグラスを置いた。「ジョナサンはきみを愛していると……」

「そうよ。でも、わたしは彼を愛してないわ。彼がジェニーを好きになってくれればいいと思ってるの。ジェニーはあのとおりすてきな人で、ジョナサンにはうってつけですもの」

「きみのやることはいまだにわからないよ」彼はふと話題を変えた。「ジェシカはどうした？」

「上で着替えて、テレビを見てると思うわ。アニメの時間だから」

「それじゃ、ちょうどいいから言っておこう。さっき、母に電話してきみが戻って来たことを話した。土曜日にここへ来るそうだ」

アンは茫然《ぼうぜん》としてデヴィッドを見つめた。「もう一度言って」

「土曜日に母が来る」彼は穏やかに繰り返した。

アンの顔から血の気が引いた。病院で最後に見たクレアの冷たい顔が目に浮かぶ。それにあの恐ろしい言葉……。「会いたくないわ！」

「悪いが、もう来ると決まったんだ」

「何日くらいいらっしゃるの？　その間、わたしハリファックスへでも行ってるわ」

「いや、きみは家にいてくれ。ここはきみの家だ」

「わたしはお母さまに嫌われてるのよ」アンは低くつぶやいた。「怖いわ。ごめんなさい。あなたのお母さまなのに。でも、怖いのよ」

「母はずいぶん変わったんだ」

クレアが変わるはずはない。冷たくて、他人の生活まで意のままに動かせてしまうクレア。「会うのはいや！　なぜ招《よ》んだりしたの？」

「わけがあるんだ。だが、その話は母が来てからにしよう」デヴィッドは軽くアンの肩を叩《たた》いた。「心配することはない。これが最善策なんだよ」

気が動転していたアンは、デヴィッドにさわられて思わずとびのいた。

「取って食おうってわけじゃないよ。強引なことはしない。今までだって、きみが本当にいやがるのに抱いたりはしなかった。そうだろ？」

「それにしては動物的だったわ……。そうじゃなくて？」アンは言い返した。

「もう昨夜みたいなことはしないよ。いやだって言う相手に言い寄るほど女に飢えてはいない」

「あなたは昔から女性にもてたんですものね。その腕は今も鈍っていないんでしょ？」

「もういい！　ジェシカの前でそんなことを言うな！」デヴィッドはひどく憤慨していた。

アンは台所へかけ込み、夢中で野菜の皮むきを始めた。もうじきディーダーとテレンスが帰って来る。今夜はいくらか安全だ。ジョナサンにここが自分の落ち着く先だと言ったばかりなのに、もう障害にぶつかるなんて……温かい家庭に守られたいなどと思うのは、はかない望みに過ぎないのだろうか？

翌朝、ジェシカは雪のとりでを作ろうと言い出した。まことに好都合だ。外に出ていれば、デヴィッドと顔を合わせなくて済む。二人はせっせととりでを築いた。

そのうちジェシカの手袋がびしょびしょになったので替えを取りに戻ると、台所でデヴィッドとぶつかりそうになった。「すみません」グリーンのスキースーツと帽子の色を受けて、アンの目は緑色に輝き、つややかな髪が肩先に波打っている。デヴィッドは吸い寄せられるように手を伸ばし、その髪を後ろへ払いのけた。

「ぼくたちはしょっちゅう衝突ばかりだな」

くやしいが、デヴィッドが口をきいてくれてとてもうれしい。「昔はお互いに若かったからだわ」

「今は成長して利口になったたって言うのかい？」だんだん抜き差しならなくなりそうだ。「さあ、それは……ジェシカの手袋見なかった？」

「きみの目の前にあるよ」彼はそっけなく言った。

アンは赤くなって手袋を取り上げた。「ジェシカのところへ戻るわ。大要塞《ようさい》を作ってるのよ。エッフェル塔とノックスとりでを合わせたくらいの」

まだデヴィッドの笑い声が聞こえるような気持で、アンは庭内路の向こう側に築いたとりでを目ざした。坂を下りて来るベンツの音が聞こえる。テレンスが買い物から帰って来たらしい。

突然アンは心臓が止まりそうになった。アンの姿を見たジェシカが庭内路に向かって走って来る。ベンツが近づいているのに！　スコップでかいた雪が高く積み上げられているので、運転しているテレンスからはジェシカが見えないのだ。

「ジェシカ、出て来ちゃだめ！　止まって！」声を限りに叫んだが、向かい風のためジェシカには聞こえそうもない。無我夢中でテレンスに手を振って合図すると同時に、アンはジェシカの方に走り出した。テレンスがブレーキを踏んだ。しかし、場所は凍った下り坂である。車はたちまち横すべりして坂道を下り始めた。ジェシカは真っ直ぐその前に向かっている。スローモーションフィルムを見るように、アンはジェシカの顔に浮かぶ恐怖の表情をはっきりと見た。

自分でも信じられないほどの早さでアンは車の前へ飛び出し、力いっぱいジェシカに体当たりして雪の上に倒れ込んだ。何かが激しく肩を打ち、雪の中で体が二転三転する。苦しい。意識が薄れていく。ぼんやりとテレンスの震え声が聞こえる。「ジェシカは無事ですか？　もう間に合わないかと思った！」

続いてジェシカのおびえた泣き声と、それをなだめるデヴィッドの静かな声が流れる。「怖がることはないよ、ジェス。なんともないんだ。ちょっとテレンスとここにいなさい」

デヴィッドの手がやさしく体を動かす。「アン、大丈夫かい？」今まで耳にしたことのない口調だ。アンはそっと目を開き、まばたきしてデヴィッドを見上げた。「ジェスは？　けがはない？」

「かすり傷一つないよ。きみのおかげで。きみはあの子の命を救ったんだ」

起き上がろうとしたとたんに白い雪と青い空がくるくると回り出した。アンは苦しげな息づかいをしながらデヴィッドの腕に額をもたせかけた。

「どこが痛い？」デヴィッドはさりげなくたずねたが、アンの顔にかけた手は震えていた。

「別に――どこも。めまいがするだけ」

「医者を呼ぼう」

いいと言おうとしたが、声にならないうちにデヴィッドに抱き上げられ運ばれていた。テレンスが、まだめそめそしているジェシカを抱いてついて来る。デヴィッドは静かにアンをベッドに下ろし、羽根ぶとんをかけた。「すぐに医者が来る。服を脱がせるのは任せよう。どこか骨折してるといけないから」彼はテレンスの方を向いた。「ジェシカはぼくが預かる。書斎へ行ってブランデーを飲みなさい。顔色が悪いよ」

「す……すみませんでした」

「テレンスのせいじゃない。ジェシカがいるのを知らなかったんだもの、仕方ないさ。ジェシカもこれから気をつけるようになるだろう。早くブランデーを飲んで、ディーダーに濃いお茶を入れてもらいなさい。砂糖をたくさん入れてね」

デヴィッドは少しもテレンスをせめなかった。しかもやさしい気づかいを見せて……アンは胸が熱くなった。今日のできごとは誰が悪いのでもない。ふとしたタイミングで人の一生を狂わせる、いわゆる事故の一つなのだ。あれでもしアンが一瞬遅れていたら、もう取り返しがつかなかっただろう。

ジェシカが小声でデヴィッドにきいた。「アンはけがしたの？」

「いや、大したことはない。だけど、一応先生に診てもらわないとね」

肩に鈍い痛みを感じ、耐えられないほど寒い。アンは目をつぶり、ジェシカが走り出して来た悪夢のような瞬間を頭から締め出そうと努めた。そうしているうちにうとうとし、ディーダーの声で目が覚めた。「こちらです、マッキノン先生」

「やあ、デヴィッド。危ないところだったそうだね。階下でテレンスから聞いたよ。彼には鎮痛剤をあげておいた。ジェシカ、しばらくだね。元気かい？」

マッキノン医師は頭の薄くなった五十代の男で、感じのいい笑顔と鋭い青い目とが、頼りになる人という印象を与える。彼はジェシカの体を調べると、棒キャンデーを取り出した。「さ、ディーダーと一緒に階下へ行きなさい。わたしが下りて行くのとジェシカがあめをなめ終わるのとどっちが早いかな？」

ジェシカはくすくす笑い出した。よかった！　どうやらいつものジェシカに戻ったらしい。

医師はアンを見てにっこりし、デヴィッドに話しかけた。「奥さんが帰って来られたとは知らなかったよ」

デヴィッドがいつになく困った顔をしているので、

アンは代わりに答えた。「どなたにも申し上げてないんです。今のところはジェシカにも」

おかしいと思ったかもしれないが、医師は何も言わなかった。手ぎわよく服を脱がせて診察した後、彼は羽根ぶとんをかけ直して言った。「肩をひどく打っているので二、三日は痛むでしょうが、骨折はしてないから心配ありませんよ。運がよかったですね。それにしても奥さんは立派だ。勇気がある。この薬を熱いミルクと一緒に飲んでください。よく眠るのが一番です。お大事に。失礼するよ、デヴィッド。階下でちょっとジェシカの様子を見て帰るからね」

デヴィッドは引き出しからネグリジェを出し、アンを抱き起こした。彼の顔はまだ緊張して青ざめている。アンが無意識に身動きしたせいか、彼は黙って背中に手を回し、アンの髪に頬を寄せてしばし抱き締めていた。それから腕をゆるめ、アンの目をのぞき込んだ。「ありがとう、アン。ぼくにはそれしか言えない。きみがいなかったらどうなっていたか──考えるだけでぞっとするよ。先生の言うとおり、きみは勇気がある」

「母親として当たり前のことをしただけだわ」

デヴィッドは真剣な目をして見ている。なぜかわからないがアンは怖くなって身震いした。「ごめん。寒いんだろ?」彼は医師のようにさめた態度になってネグリジェを着せかけた。

そのとき軽いノックがあってディーダーが顔を出した。「マッキノン先生に言われたので、ミルクを温めてきたわ。ジェシカが今おやすみを言いに来ますって」

デヴィッドに支えられてミルクと薬を飲み、横になったところへジェシカが入って来た。まだいくらかショックが残っているようだ。「ジェス、隣に入らない? わたしが寝ちゃったら、パパに階下へ連れて行ってもらってお食事なさいよ」

ジェシカは飛びついて来てアンの横にもぐり込んだ。デヴィッドが何か考え込んでいるような表情を浮かべ、二人を見下ろしている。それきりアンは深い眠りに落ちた。

二日後の夕方近く、クレアが飛行機で着いた。デヴィッドとジェシカは迎えに出たが、アンはまだ肩が痛むため家に残った。

着るものは、あれこれ考えた末、赤褐色のクラシックなシャツドレスにした。とき放った髪が赤みを帯びて見え、とても似合う服なのだ。アクセサリーは金のネックレスとイヤリングをつけた。一年目の結婚記念日にデヴィッドが贈ってくれたものである。靴《くつ》は細いストラップのついたハイヒール。鏡の中のアンは、四、五年前クレアに軽くあしらわれていた若い嫁とはまったく違う。見ているうちに自信が出てきた。もう二度とあんな扱いはさせないわ！　とひそかにつぶやいて階下に下りると、外で車のドアの音がした。クレアが来たのだ。アンは居間に入って待った。

「ああ、下りてたのか、アン」デヴィッドはアンの装いに目をとめ、「とてもきれいだよ」と言ってやさしくキスをした。

母親に見せるためにこんなそらぞらしいことを！　それならわたしだって……アンはデヴィッドの首に腕を巻きつけて彼の唇にそっと歯を立てた。

デヴィッドは笑いをかみ殺してひそひそ声で言った。「あとで見てろ！」それから皆にも聞こえるように言った。「お母さんを連れて来たよ」

アンは前に進み出て手を差し出した。二人は握手を交わしながら、素早く相手を見回した。アン自身も変わったが、クレアはまさに別人だった。もはや、冷たい目をして胸を張った貴婦人ではない。しわが増え、全体的に小さくなった感じで、しかもおずおずと口を開いた。「久しぶりね、アン。ここへ招んでくれてありがとう」

デヴィッドから聞いてはいたが、こうまで変わったとは！　一体何があったのだろう？　病気？　寂しさのせいではあるまい。クレアは寂しがるような人ではないのだから。

ディーダーがお茶を運んで来た。途切れがちな会話が続くうちにジェシカのはにかみも消え、祖母に話しかけるようになった。クレアは顔を輝かして答えている。ジェシカに愛情を抱いているのだろうか？　アンは二人の姿に不思議と心を動かされた。

お茶の後、デヴィッドはジェシカをともない、クレアに家の中を見せて回った。アンは一人窓辺にたたずみ表をながめた。雪が降り始め、灰色の薄明かりの中に木々が柔らかくかすんで見える。今のクレアも同じような姿だ。もう、人を傷つける力などない。四年間憎み続けたというのに、会ったとたんにその憎悪は奇妙にも哀れみに変わっていた。

夕食は食堂でとった。ジェシカは新しい赤い服を着てご機嫌だった。クレアがモントリオールで買って来てくれたのである。デヴィッドが持ち出す当たりさわりのない話題を中心に食事は無事終わり、アンはジェシカを寝かしつけて再び階下へ下りた。デヴィッドとクレアは書斎の肘かけ椅子に腰を下ろしている。中に入ったアンは、デヴィッドからリキュールを受け取りソファーに座った。部屋の中には不気味に張り詰めた空気が流れている。息苦しい。密室恐怖症にかかったみたいだ。アンは、できることならどこかへ逃げ出したかった。

11

沈黙を破ったのはクレアだった。「あなたたちに話さなくてはならないことがあるの。断っておくけど、聞いて楽しい話ではないわ」

デヴィッドはわずかに体を動かしたが何も言わなかった。彼には想像がついているのに違いない。きっと、二人の結婚がもともと間違っていたという理由を並べたてられるのだ。

「わたしは昔からデヴィッドに期待をかけていたの」クレアは淡々と始めた。「結婚するなら、お金も地位もある家のお嬢さんと結婚してほしかったわ。ところが、わたしの理想からはほど遠いあなたと結婚してしまったのよ、アン。親も家もない看護師学校の生徒なんて、嫁として迎えたくなかったわ」

「わたしを嫌っていらっしゃるのはわかってました」アンはくちばしを入れた。「でも、デヴィッドが結婚したいと言ったのですから、いつかはお母さまも認めてくださると思って……」

「そうはいかなかったのよ。わたしは、そのうちデヴィッドも目が覚めるだろうと思ったの。だから、あなた一人でパーティーに行かせたり、デヴィッドだけどこかへ行かせたりして、二人を引き離そうとしたわ。デヴィッドがよその女の人と付き合っているようなことを言ったのもそのためなの。そのうち、あなたはスキー旅行に出かけたわ」

デヴィッドはいたたまれないように立ち上がって暖炉の火をかき回し、そのまま上背のある体をこわばらせてたたずんでいた。

「大勢で行ったのは知ってたの。でも、デヴィッドにはラルフと二人だったみたいな言い方をしたのよ。

怒るだろうと思ってね」クレアは言葉を切ってリキュールを口に含んだ。「その点は思わくどおりになったわ。でも、その後、決定的なことが起こったのよ。子供ができたってこと。子供が生まれたら、もうデヴィッドは離婚しないだろうと思って、わたしはあせったわ。それで、子供の父親はラルフかもしれないと吹き込んでみたり……」

「それほどアンが嫌いだったのか!」デヴィッドが言った。

「もっと悪いことをしたのよ」初めてクレアの声が震えた。「子供が生まれる前、あなたは出張したでしょ、デヴィッド? あのとき、生まれそうになったら知らせてくれって何度も言ったわね。帰って来るからって」

「そうだったの、デヴィッド?」アンは驚いてデヴィッドを見上げた。

「そうだよ。本当にきみを一人でほうっておくと思ったのかい?」

クレアにはニ人のやりとりも耳に入らないようだった。「わたしは言われたとおりにしなかったわ。アンは病気になって思いがけなく早く病院に入ったし、ジェシカも予定より十日も早く生まれてしまったの。アンの意識が戻らないうちにわたしはジェシカを家へ連れて帰って、看護師を雇ったわ。で、アンが気がついたときに、子供は死んだと言ったのよ……」

あの恐ろしい一瞬がまざまざと脳裏によみがえり、アンは思わず手で顔をおおった。一方、デヴィッドの目は怒りに燃えていた。

「その上、デヴィッドは二度とアンに会わないと言ったの。病院から電話があってアンがいなくなったと聞いたとき、うまく行ったと思ったわ。そこで早速デヴィッドにアンは逃げて行ったと——結婚生活も子供も捨ててどこかへ行ってしまったと言ったたの」

アンは目を丸くしてクレアを見つめた。やっと事情がのみ込めた。嘘《うそ》をついていたのはクレアだったのだ。アンに対してだけではなく、デヴィッドに対しても！　彼の愛が壊れたのも無理はない。

「初めは大成功だと思ったわ」クレアは無表情に続けた。「アンはいなくなったし、子供はデヴィッドの手に残ったんですもの。でも、とんでもないことだったわ。ジェシカは日増しにアンに似てきて、わたしは見る度に胸苦しくなったの。しかも、わたしはあの子がかわいくてたまらなくなったのよ。それに、デヴィッドはすごく娘をかわいがるし、アンがいなくなったことで傷ついていたわ。その様子を見ているうちに、わたしは間違っていたとやっと悟ったの。でも、もう手遅れだったわ。アンを呼び戻したいと思っても、居場所がわからないんですもの」

「信じられない話だ」デヴィッドは冷たく言った。「お母さんのために、アンは四年間も自分に娘がいるってことを知らなかったんだ。よくそんなことができたな！」

「自分でも恐ろしいことをしたとわかっているわ。今日までずっと苦しみ続けてきたのよ。あなたからアンが帰って来たと知らされたとき、どうしても本当のことを言わなくてはと思ったの」涙がクレアの頬をぬらした。「ごめんなさいとも言えないわ。とても許してもらえることじゃないんですもの」

クレアが変わったわけがわかった。ジェシカによって人を愛することを知り、長い年月後悔に胸を痛めてきたからなのだ。「泣かないで、お母さま。もう済んだことですわ」

「済んではいないわ。わたし、どうしてもあなたとデヴィッドにもう一度幸せになってもらいたいの。過ぎた四年間は返ってこないけれど、あなたたちはまだ若いわ。やり直してほしいのよ」

クレアの言うとおりだ。過ぎた四年間は返ってこない。その四年の間、アンは失敗に終わった結婚と亡くした子供のために、空《むな》しさと苦痛にさいなまれて生きてきたのだ。あれがどちらも偽りだったなんて……。クレアの告白は遅過ぎた。デヴィッドの心はもう冷えてしまったのだ。彼はいつか〝あのころはまだきみを愛していた〟と言ったではないか。幸せな結婚生活はもう戻ってこない。結婚は、二人が等しく愛し合ってこそ成り立つものなのだ。アンが一方的に愛しているだけでは、幸せな結婚生活は望めない。

急にアンはじっとしていられなくなり、立ち上がって書斎を飛び出した。デヴィッドの呼び止める声がする。けれどどうしても一人になりたい。台所に入ってブーツにはき替え、ポーチにかかっていたジャケットをつかんでドアをあける。ローバーが一緒に出て来たのを感じたが、ただ夢中で走った。家の明かりはぐんぐん遠ざかり、やがて降りしきる雪の彼方に消えて行った。

走っているうちに不意に足をとられ、あっと思ったときはすでに体が急斜面をすべり出していた。はずみがついて止めようもなく、前方も見えない。と、どすんと木にぶつかって体が止まった。肩が痛い。雪の中にうずくまって泣きそうな声を出していると、目の前に黒い影が浮かび上がった。「ローバー！」ほっとして犬の首に手をかけると同時に、初めて自分が無茶なことをしたのに気がついた。辺りは墨絵の世界。暗闇《くらやみ》と雪以外何もない。海風と雪で髪は凍りつき、体はぬれて冷え切っている。家のある方角さえ見当がつかないのだ。

どうしよう！　夜吹雪の中へ飛び出すなど狂気の沙汰だったのだ。アンはローバーの首輪を握り締めた。ほかに頼るものはない。「ローバー、うちへ連れて行って！」しかし、ローバーは人間に聞こえない物音を聞きつけたかのように耳をそばだて、次の瞬間アンの手を振り切って走り出した。置いて行かれたら大変！ と恐怖にかられて後を追ったが、ローバーの姿はたちまち激しく舞う雪にのみ込まれて見えなくなってしまった。

振り返ってみたが、さっきの木さえもうどこにあるのかわからない。おびえてはだめよ、と自分に言い聞かせながらとりあえず上に向かって歩き始めた。斜面を登れば家に近づくし、体を動かしていなくてはいけないからである。だが、手足が重い。雪の中に体を投げ出してしまいたくなる。

やがてえぞ松が目に入ったので、その幹にもたれ、目をつぶって呼吸を整えた。すると突然何かが跳びついて来た。はっとして目をあけると、ローバーが尻尾《しっぽ》を振っていた。続いて視界をよぎったのは一筋の懐中電灯の光。間もなくアンはデヴィッドの腕に抱き寄せられていた。「見つかってよかった！ なんてばかなことをするんだ！」

彼の腕に守られているのはたまらなくうれしい。

「どうしてわかったの？」

「ローバーだよ。笛を吹いて呼び寄せたんだ。それできみの居場所を教えさせた」デヴィッドはアンを抱き上げた。

「家までこうやって行くのは無理よ」

「何を言ってる、家はすぐそこだ。きみは回り道をしていたから遠く感じたんだよ」

アンは身震いしてデヴィッドのジャケットに顔を埋《うず》めた。吹雪の中では、家が目と鼻の先にあるのに凍死する人がたくさんあるという。

家までは数分だった。電灯がひどくまぶしい。デヴィッドは、出て来たディーダーとクレアにてきぱきと言った。「心配はないよ。ぼくが上に連れて行くから何もしなくていい。お母さんはもう寝てくれ。疲れた顔をしてるよ」

「本当に大丈夫なの？」クレアはかわいそうなほどおろおろしていた。

「心配なさらないで」アンは力のない声で言った。

「お母さま、さっきのお話ですけど……あまりご自分をせめないで……わたしは、もうお母さまに憎まれていないとわかればそれでいいんです」

「憎んでなんかいるものですか。デヴィッドと幸せになってほしいのよ」

ベッドに下ろされて、アンは初めて部屋が違うのに気づいた。デヴィッドの部屋なのだ。「わたしの部屋じゃないわ」

「きみの部屋だよ」デヴィッドは当然のことのように答えた。「バスルームはそっちだ。熱いシャワーを浴びておいで」彼は、戸棚から自分の青いガウンを出し、震えているアンに差し出した。「上がったらこれを着なさい。ぼくは火をおこして、何か温かい飲み物を持って来る」

「まあ、暴君ね！」堂々と言ったつもりなのだが、実際は子供がすねているようにしか聞こえなかった。デヴィッドはにっこりした。胸が痛くなるほど魅力的な笑顔だった。「そうさ。ぼくは暴君だ。早く言われたとおりにしなさい」

バスルームの鏡に映ったアンは、なんとも惨めな姿をしていた。額に張りついた髪、汚れた頬……我ながらびっくりして大急ぎで服を脱ぎ、シャワーを浴びた。熱いお湯が体を流れるにつれ、疲れがとれて人心地ついた。

寝室に戻ろうとしたとき、デヴィッドの軽やかな足音が聞こえた。火をおこしているらしい。彼はなぜこの部屋へ来たのだろう？　きみの部屋だと言ったのはどういう意味？　二人が夫婦であることを公表する気なのだろうか？　愛してくれない夫との未来はどうなるのだろう？　だが、少なくともデヴィッドに事実を知ってもらうことはできた。アンは深呼吸してバスルームから出て行った。

デヴィッドは暖炉の前にいた。「どう？　よくなったかい？」

「ええ、とても」アンは敷物の上に膝をついて炎に手をかざした。

デヴィッドはスパイス入りのホットワインを暖炉の上に置き、バスルームに入ってタオルを持って来た。「髪をかわかしてあげよう」言われるままに頭を下げると、彼は少しずつ丁寧に髪をふき、どきっとするくらいやさしく言った。「さあ、いいよ」

アンは髪を後ろへ払った。デヴィッドが見つめている。大きいガウンのせいで余計きゃしゃに見える手、濃い青い生地と対照的に真っ白な肌。

「寒くない？」

「大丈夫よ」答えながら、彼が言いたいのはそんなことではないとアンは鋭く感じ取った。

「よく母を許してくれたね。きみは心の広い、すばらしい人間だ」

「だって、お母さまはご自分が起こしたトラブルを心から悔やんでいらっしゃるんですもの」

「トラブル程度じゃ済まないよ」デヴィッドは苦笑した。「きみがいなくなったという電話——あのときのことは忘れられない。ぼくは家へ飛んで帰った。ぽつんと残されているジェシカにきみの面影があったのを覚えている。すぐに病院へも行った。それで、きみが病気だったことや、充分回復しないうちに出て行ったことがわかったんだ」

デヴィッドは、アンの膝に手を置いた。アンがそこにいるのを確認するかのように。

「しばらく、病気なのに一人でどこかをさ迷っているきみを想像して気が狂いそうだった。ホテルや病院や、駅や空港に問い合わせたけど行方はわからなかったんだ」

アンは彼の手の上に自分の手を重ねた。「わたしはその間ハリファックスにいたわ。一人の知り合いもなく、惨めな気持で」

「ぼくは、そのうちきみも気持が落ち着いて連絡して来ると信じていた。電話が鳴る度に、きみじゃないかと思って飛びついたよ。手紙も待った。だが、二、三日が二、三週間になり、何カ月になってもきみからは音沙汰もない。だんだん、本当にぼくを捨てて逃げて行ったんだと思うようになって……ぼくはきみを憎み出した。ほかに耐える方法がなかったんだ」

「わたしも同じだったわ。でも、あなたにはジェシカがいたじゃない？」

「そうだ。だけど、ジェシカはきみに生き写しだった。見ればきみを思い出す」

「髪の色はあなたと同じよ」アンはちくりと皮肉を言った。

「今になって思えば、ラルフの子じゃないかと疑ったりして悪かった。取り消せるものなら取り消したいよ」

少しの間二人とも口をつぐんでいた。「どうしてここへ越していらしたの？」アンはそっとたずねた。

「モントリオールで暮らすのに耐えられなかったからさ。レストランも劇場も、家の中も、きみとの思い出でいっぱいだ……友達を招んだ居間、二人の部屋だった寝室……」

二人の間に火花に似たものが飛び交った。デヴィッドはアンの手を口元に持って行って、てのひらにキスをした。それから手を握ったまま立ち上がり、ベッドに腰を下ろしてアンを膝の上に座らせた。薄いシャツを通して彼の体のぬくもりが伝わり、脚に彼の引き締まった腿を感じる。アンの心臓は激しく打ち始めた。

「いい匂《にお》いがする」デヴィッドはアンの首に顔をすり寄せた。「きみがそばにいると気が散っていけないよ。何を話してたんだっけ？」

「なぜこの島へ来たのかっていう話よ」

「そうだったな……ここは、友達のものだったんだ。ぼくがモントリオールを離れたがっていると知って、連れて来てくれた。一目見て気に入ったよ。ジェシカには理想的な場所だ。空気はいい、土地は広い、夏は海と馬で遊べるし冬はスキーができる。ところが、暮らしてみるとぼくは留守が多いしディーダーではジェシカの面倒を見きれない。そこで広告を出したわけだ」彼はぐっとアンを抱き締めた。「きみが見てくれたとはまったく幸運だった！」

「ジェシカのためには、でしょ？」

「それもそうだが……」

「無理しなくていいのよ、デヴィッド」誤解はとけた。今度は彼の気持をはっきりきくべきだ。たとえ結果が惨めでも。「あなたがもうわたしを愛してないのはわかってるわ」

「なぜわかる？」

「この前そう言ったわ。『あのころはまだ愛していた』って。今はもう愛していないってことでしょ？でも、いいの。他人同士でもジェシカのために協力し合えれば」突然恐ろしい深淵《しんえん》が目の前でぽっかり口をあけた。「あ……あなたがいやでなければだけど」いやだと言われたらどうしよう？

「アン、はっきりさせておきたいんだが……」

「気にしなくていいわ。人間は変わっていくものなんですもの。今になってまだわたしのことを考えてくれとは言わないわ」

「ちょっと黙ってぼくの言うことを聞きなさい。ぼくはさっきからきみを愛してるって言おうとしてるんだよ」

「えっ、愛してる？」

「そうだ！　ずっと愛してた。きみが憎いと自分に言い続けたけれど、それは愛していたからだ。きみはぼくの中に生きていた。ぼくの体の一部なんだ。これから先も」

アンにはまだ信じられなかった。「ちっともそうは見えなかったわ」

「当たり前だ。きみがなぜ帰って来たかわからなかったんだもの。ウインタースなんて名乗ったりして。しかも、きみはぼくを避けていた。酔っぱらって帰って来たときは別として。あれが本物だといいんだがね！」

「ずっとそう言ってもらえるといいわ！」

デヴィッドは真剣な目つきでアンを見た。「ということは、ずっとここにいてくれるのかい？」

「もちろんよ。いてくれって言ってほしかったわ」

デヴィッドの顔をつと暗い陰がよぎった。「怖かったんだよ。いやだと言われそうで」

彼らしくない弱気な言い方だ……アンはほろりとした。「あなたと暮らせるのなら、こんなうれしいことはないわ」

「いつかまた愛してもらえると思っていいのかい？」

アンはデヴィッドの顔を両手で包み込んだ。「わたしもあなたと同じなの……ずっと愛していたのよ。デヴィッド、デヴィッド！　すごく愛してるわ！」

気がつくと、アンはベッドに横たわり、顔に、首に、肩に、デヴィッドのキスを受けていた。彼の手がそっとガウンの衿をあけ、唇が乳房の上をすべる。快いおののきを感じながら、アンは彼のシャツのボタンを外し、胸や肩を愛撫《あいぶ》した。彼の素肌に触れたい。自分の肌の上に彼の肌を感じたい。デヴィッドの手が動いた。スラックスのベルトをまさぐっているのがわかる。アンの全身は甘くうずいた……。

しばしの時間が流れ、二人は枕《まくら》に頭を並べていた。アンは、デヴィッドの腕の中でひそかに愛という言葉の重みをかみしめた。愛している、の一言が人生をすっかり変えてしまうのだ。デヴィッドに寄り添っている今のこの安らかな満ち足りた気持！　「この間の晩……お母さまがいらっしゃる前のときのこと、覚えてて？」アンは低い声で言った。「起きてみたらあなたがいなかったので、また一人になってしまったと思ってとても悲しかったわ」

「もうそんな思いはさせないよ。ぼくはいつでもきみのそばにいる」

「惨めな日が続いたけれど、長い目で見ればわたしたちにはいいことだったのかもしれないわね。四年の間にわたしはいろいろなことを学んで……」

「きみは、きれいで人間的にも申し分ないレディに成長したんだ」

「ありがとう」幸せの涙が込み上げた。「あなたのこともよくわかったわ。あなたは一生頼って行ける人で、決してひどいことなんかしないってことが」

「ぼくもきみのことをそう思ってるよ。それが愛というものだ」彼は肘をついて上体を起こし、ゆらめく炎に照らされたアンの体に手をすべらした。その美しい線を記憶にとどめようとするかのように。それから、キスをした。「もちろん、これも愛だけどね」

再び情熱にさらわれそうになりながらアンはきいた。「明日の朝、わたしがここにいるのをジェシカが見たらなんて言うの？」

「きみはジェスの母親で、戻って来たんだって言えばいいさ。あの子のことだから、きっと『よかったわ。それじゃ、アンはずっとずっといつまでもいるのね』って言うよ。そのとおりだろ？」

「そうよ、デヴィッド」アンはささやいた。「ずっとずっといつまでも」

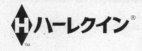

ハーレクイン・イマージュ　1984年5月刊（I-142）

ともしび揺れて
2025年1月20日発行

著　　者	サンドラ・フィールド
訳　　者	小林町子（こばやし　まちこ）
発 行 人	鈴木幸辰
発 行 所	株式会社ハーパーコリンズ・ジャパン 東京都千代田区大手町 1-5-1 電話 04-2951-2000（注文） 0570-008091（読者サービス係）
印刷・製本	大日本印刷株式会社 東京都新宿区市谷加賀町 1-1-1
表紙写真	© Rohappy ｜ Dreamstime.com

ISBN978-4-596-71998-0 C0297

◆◆◆◆ハーレクイン・シリーズ 1月20日刊 発売中

ハーレクイン・ロマンス
愛の激しさを知る

忘れられた秘書の涙の秘密 《純潔のシンデレラ》	アニー・ウエスト／上田なつき 訳	R-3937
身重の花嫁は一途に愛を乞う 《純潔のシンデレラ》	ケイトリン・クルーズ／悠木美桜 訳	R-3938
大人の領分 《伝説の名作選》	シャーロット・ラム／大沢　晶 訳	R-3939
シンデレラの憂鬱 《伝説の名作選》	ケイ・ソープ／藤波耕代 訳	R-3940

ハーレクイン・イマージュ
ピュアな思いに満たされる

スペイン富豪の花嫁の家出	ケイト・ヒューイット／松島なお子 訳	I-2835
ともしび揺れて 《至福の名作選》	サンドラ・フィールド／小林町子 訳	I-2836

ハーレクイン・マスターピース
世界に愛された作家たち
～永久不滅の銘作コレクション～

プロポーズ日和 《ベティ・ニールズ・コレクション》	ベティ・ニールズ／片山真紀 訳	MP-110

ハーレクイン・プレゼンツ作家シリーズ別冊
魅惑のテーマが光る
極上セレクション

新コレクション、開幕！

修道院から来た花嫁 《リン・グレアム・ベスト・セレクション》	リン・グレアム／松尾当子 訳	PB-401

ハーレクイン・スペシャル・アンソロジー
小さな愛のドラマを花束にして…

シンデレラの魅惑の恋人 《スター作家傑作選》	ダイアナ・パーマー 他／小山マヤ子 他 訳	HPA-66

文庫サイズ作品のご案内

◆ハーレクイン文庫…………毎月1日刊行
◆ハーレクインSP文庫…………毎月15日刊行
◆mirabooks………………毎月15日刊行

※文庫コーナーでお求めください。

1月29日発売

ハーレクイン・シリーズ 2月5日刊

ハーレクイン・ロマンス

愛の激しさを知る

アリストパネスは誰も愛さない 〈億万長者と運命の花嫁Ⅱ〉	ジャッキー・アシェンデン／中野　恵 訳	R-3941
雪の夜のダイヤモンドベビー 〈エーゲ海の富豪兄弟Ⅱ〉	リン・グレアム／久保奈緒実 訳	R-3942
靴のないシンデレラ 《伝説の名作選》	ジェニー・ルーカス／萩原ちさと 訳	R-3943
ギリシア富豪は仮面の花婿 《伝説の名作選》	シャロン・ケンドリック／山口西夏 訳	R-3944

ハーレクイン・イマージュ

ピュアな思いに満たされる

遅れてきた愛の天使	ＪＣ・ハロウェイ／加納亜依 訳	I-2837
都会の迷い子 《至福の名作選》	リンゼイ・アームストロング／宮崎　彩 訳	I-2838

ハーレクイン・マスターピース

世界に愛された作家たち
～永久不滅の銘作コレクション～

水仙の家 《キャロル・モーティマー・コレクション》	キャロル・モーティマー／加藤しをり 訳	MP-111

ハーレクイン・ヒストリカル・スペシャル

華やかなりし時代へ誘う

夢の公爵と最初で最後の舞踏会	ソフィア・ウィリアムズ／琴葉かいら 訳	PHS-344
伯爵と別人の花嫁	エリザベス・ロールズ／永幡みちこ 訳	PHS-345

ハーレクイン・プレゼンツ作家シリーズ別冊

魅惑のテーマが光る
極上セレクション

新コレクション、開幕！

赤毛のアデレイド 《ハーレクイン・ロマンス・タイムマシン》	ベティ・ニールズ／小林節子 訳	PB-402

※予告なく発売日・刊行タイトルが変更になる場合がございます。ご了承ください。

12月刊 好評発売中！

Harlequin 45th Anniversary

“ハーレクイン”の話題の文庫
毎月4点刊行、お手ごろ文庫！

作家イメージカラー入りの美麗装丁♥

『哀愁のプロヴァンス』
アン・メイザー

病弱な息子の医療費に困って、悩んだ末、元恋人の富豪マノエルを訪ねたダイアン。3年前に身分違いで別れたマノエルは、息子の存在さえ知らなかったが…。

（新書 初版：R-1）

『マグノリアの木の下で』
エマ・ダーシー

施設育ちのエデンは、親友の結婚式当日に恋人に捨てられた。傷心を隠して式に臨む彼女を支えたのは、新郎の兄ルーク。だが一夜で妊娠したエデンを彼は冷たく突き放す！

（新書 初版：I-907）

『脅　迫』
ペニー・ジョーダン

18歳の夏、恋人に裏切られたサマーは年上の魅力的な男性チェイスに弄ばれて、心に傷を負う。5年後、突然現れたチェイスは彼女に脅迫まがいに結婚を迫り…。

（新書 初版：R-532）

『過去をなくした伯爵令嬢』
モーラ・シーガー

幼い頃に記憶を失い、養護施設を転々としたビクトリア。自らの出自を知りたいと願っていたある日、謎めいた紳士が現れ、彼女が英国きっての伯爵家令嬢だと告げる！

（初版：N-224
「ナイトに抱かれて」改題）

※ハーレクインSP文庫は文庫コーナーでお求めください。